A Faint Cold Fear Thrills Through My Veins
William Shakespeare

Zu diesem Buch

Für den spanischen TV-Sender TVE zu arbeiten kann mitunter gefährlich sein. Señor Araquistain hat die leidvollen Erfahrungen machen müssen. Der bekannte Fernsehregisseur wurde von einer herabgestürzten Dekoration erschlagen, allerdings befand sich in seinem offenen Hosenschlitz ein Bund Veilchen – zweifellos ein Indiz, daß es sich um Mord handelt. Freunde und Feinde des Unglückseligen vermuten den Täter bei der verhaßten Konkurrenz, den privaten Fernsehstationen. Um unauffällig Informationen sammeln zu können, wird Pepe Carvalho mit den Ermittlungen beauftragt. Carvalhos Vorurteile gegenüber dieser Branche finden sich aufs übelste bestätigt. Hinter der Fassade der schönen bunten Fernsehwelt tummeln sich Möchtegern-Stars, arme Würstchen, frustrierte Intellektuelle, Hysteriker, eitle Gecken und sonstige Nachtschattengewächse. Kreative Kräfte werden gnadenlos für seichte Unterhaltung ausgebeutet. So endet diese Tragödie in einem unaufhaltsamen Schwall von postmodernem und wichtigtuerischem Geschwätz.

Mit dieser bitterbösen Erzählung ist Manuel Vázquez Montalbán eine brillante Farce auf die Kulturschickeria und ihre menschliche Armseligkeit gelungen.

Aber auch die anderen Stories illustrieren eindringlich die Ursprünge und tiefere Bedeutung des Wortes *sórdido*. Die Menschen leiden an ihrer Vereinzelung, dem Gefühl eigener Wert- und Machtlosigkeit, den inneren Verkrüppelungen, zugefügt von einer perversen Moral und den hilflosen Aggressionen, die aufbrechen, wenn irgend jemand das wenig Erkämpfte streitig machen will.

Der Lyriker, Romancier, Essayist und Journalist Vázquez Montalbán, Jahrgang 1939, gehört schon seit langer Zeit zu den profiliertesten spanischen Gegenwartsautoren. In der Reihe rororo thriller liegen vor: Carvalho und der tote Manager (Nr. 2680), Tahiti liegt bei Barcelona (Nr. 2698), Carvalho und der Mord im Zentralkomitee (Nr. 2717), Carvalho und die tätowierte Leiche (Nr. 2732), Die Vögel von Bangkok (Nr. 2772), Die Rose von Alexandria (Nr. 2816), Manche gehen baden (Nr. 2834), Lauras Asche (Nr. 2882), Ich tötete Kennedy (Nr. 2893), Zur Wahrheit durch Mord (Nr. 2930), Schuß aus dem Hinterhalt (Nr. 2955), Zweikampf (Nr. 2909) und Der fliegende Spanier (Nr. 2923).

Manuel Vázquez Montalbán

Das Zeichen des Zorro

Vier Carvalho-Stories

Aus dem Spanischen
von Bernhard Straub

rororo
Rowohlt

rororo thriller
Herausgegeben von Bernd Jost

Deutsche Erstausgabe
Veröffentlicht im Rowohlt Taschenbuch Verlag GmbH,
Reinbek bei Hamburg, April 1992

Die Originalausgabe erschien in der Primera edición en Serie Carvalho 1987
unter dem Titel «Asesinato en Prado del Rey y otras historias sórdidas»
bei Editorial Planeta, Barcelona

Redaktion Peter M. Hetzel
Umschlagfoto Thomas Henning
Umschlagtypographie Peter Wippermann / Britta Lembke
Satz Garamond (Linotronic 500)
Gesamtherstellung Clausen & Bosse, Leck
Printed in Germany
780-ISBN 3 499 42945 4

Inhalt

Vorwort

Das spanische Wort für schmutzig, *sórdido*, geht zurück auf das lateinische *sordidus*, «schmutzig, minderwertig, verachtenswert, gemein», das seinerseits von *sordes* abgeleitet ist, was nicht nur «Schmutz» oder «Unrat» bedeutet, sondern auch «Niedertracht, Schäbigkeit» und «gemeiner Geiz». Ich glaube nicht, daß diese Adjektive oder Substantive hinreichen, um die vorliegenden Geschichten in vollem Umfang zu charakterisieren. Der Begriff *sórdido* ist heute nicht mehr, was er einmal war: Es gibt viele Dinge, die eindeutig schmutzig, aber deshalb noch lange nicht verachtenswert, gemein oder schäbig sind. Es gibt eine Schmutzigkeit, die eigentlich im Unvermögen ihrer Protagonisten wurzelt, über den eigenen Schatten zu springen, und die Anerkennung dieser Tatsache schließt das schreckliche, verdammende Urteil aus, das in dem Wort *sórdido* enthalten ist.

Aber es gibt in der Hauptgeschichte dieses Buches, «Mord in Prado del Rey», diese verdammenswerte Art der Schmutzigkeit; besser ausgedrückt, Schmutzigkeiten, die mit verschiedenen Niveaus von Bildung und gesellschaftlicher Stellung so verklammert sind, als hätte jedes davon seine eigenen Zecken mit sich herumzuschleppen. Für jede Ähnlichkeit zwischen den Gestalten dieser Novelle und Personen der Wirklichkeit ist die Arglist des Lesers verantwortlich. Ich wasche meine Hände in Unschuld, obwohl die Parodie, auch wenn sie unter dem Vorzeichen des *divertimento* geschrieben ist, gewissermaßen zwangsläufig den Eindruck einer Karikatur wirklich existierender Gesichter und Geister erweckt.

Drei weitere Geschichten treiben in diesem Buch und im Leben ihr schmutziges Wesen. In der einen geht es um die Wechselfälle des Lebens in einem Tanzlokal von «höchstem Niveau», das aber dadurch nicht befreit ist von der Bedrohung durch den Schmutz, jenem ästhetischen AIDS, das sich in die besten Gemächer einschleicht. Die zweite schildert Glück und Unglück eines Sexualsoziologen und ist von einer wirklichen Person inspiriert, die ich in jenem von Teilnehmern des parafranzösischen, französischen und postfranzösischen Mai 68 wimmelnden Barcelona mit seiner eigenartigen *ménage à trois* von Marat, Sade und General Franco kennenlernte. Den Abschluß des Buches bildet die Schmutzigkeit eines Trios und einer durchgeschnittenen Kehle: ein armer Mann, eine arme Frau und ein armer Hund. Ich übertreibe nicht. Solche Dinge habe ich und hat man gesehen.

Mord in Prado del Rey

Daß die Leiche den Reißverschluß des Hosenschlitzes auf Halbmast trug, um einen kleinen Strauß Veilchen mit aller den Veilchen zugeschriebenen Bescheidenheit, aber auch einem gewissen moralischen Unbehagen hervorlugen zu lassen, war Grund zu natürlicher und von vielen geteilter Verwunderung. Mehr noch, die Veilchen bewiesen, daß es sich um einen Mord handelte, denn es konnte jedem passieren, daß ihm in einem Fernsehstudio ein Bestandteil der Kulissen auf den Kopf fiel, vor allem einem Profi wie Arturo Araquistain, der in seiner Gründlichkeit die Details für die nächsten Filmaufnahmen Stück für Stück persönlich zu überprüfen pflegte und mehr als einmal zu später Stunde dabei überrascht worden war, daß er wie ein Spürhund auf der Spur des Scheiterns durch die Szenarien schnüffelte, die für den nächsten Tag vorbereitet waren. Die Polizei schnüffelte ihrerseits an den Veilchen und betrachtete sie als ersten Beweis eines möglichen Sexualdelikts, obwohl diese Erklärung ganz schnell von allen Zeugen ausgeschlossen wurde. Araquistain habe trotz seines introvertierten und schwierigen Charakters ein gesundes Privatleben geführt, mit Frau, Kindern und der Möglichkeit, den Dampf unaussprechlicher Gelüste abzulassen, indem er dem Durchhacken von Baumstämmen frönte – einer sportlichen Manie, die er aus den Wäldern seiner Kindheit im baskischen Tal von Bidasoa nach Madrid mitgebracht hatte. Die zweite Spur, der die Polizei nachgehen wollte, war unweigerlich die baskische Herkunft des Fernsehregisseurs, aber weder die Morde der ETA noch der GAL pflegten von Blumenschmuck begleitet zu sein, geschweige denn von Veilchen, die in einer genitalen Vase stecken. An die ständige Belagerung durch die Medien gewohnt, konnte oder wollte die staatliche Fernsehanstalt TV Española die Information über die Ermittlungen nicht zurückhalten, und so sprach sich schnell herum, daß eine gewisse

Mutlosigkeit nicht nur die Moral der Polizei untergrub, sondern auch die des Generaldirektors der Unabhängigen Anstalt für Rundfunk und Fernsehen in eigener Person, Don Wenceslao Vilariño, aus der Familie Vilariño aus Palas del Rey, einem alten Geschlecht von Freiberuflern und Junkern, deren auf dem Familienwappen eingegrabener Schlachtruf lautete: «Drauf und dran!» Von Vilariño wurde behauptet, er sei gegen Mutlosigkeit gefeit, ein echter Blitzableiter für jedes Unwetter, und deshalb von den Zuständigen der sozialistischen Regierung auf diesen Posten berufen. «Sollen sie sich doch mit Vilariño anlegen und uns bei der Arbeit in Ruhe lassen!» Der Generaldirektor erfüllte seinen Auftrag mit beispielhafter Loyalität und Hingabe – «Drauf und dran!» – wie ein Punchingball, der alle Tiefschläge der öffentlichen Meinung abfing, und wie ein Schwamm, der Flüssigkeiten aller Art aufsaugte, seien es Tränen oder gezielte Spucksalven. Man erzählte auch, man habe Vilariño den Ehrenanstoß bei dem Spiel des FC Celta gegen FC Coruña angetragen und er habe dies trotz eines Pfeifkonzerts, das der vorprogrammierten Abneigung gegen seine Erscheinung würdig war, unbeirrbar getan und das Spielfeld mit hochgereckten Armen und einer gewissen herausfordernden Ekstase im Blick verlassen. Aber Vilariño war nicht darauf vorbereitet, daß man ihm auf dem Gelände der Fernsehanstalt einen seiner bewährtesten Regisseure umbrachte, und noch weniger, daß man die Leiche mit einem Strauß Veilchen schmückte. Das mit den Veilchen brachte ihn fast um den Verstand, obwohl er sich unter seinen nächsten Mitstreitern darüber ausließ, daß Veilchen wenigstens keine politische Symbolik besaßen.

«Eine sozialistische Rose oder eine kommunistische Nelke wäre schlimmer gewesen!»

Der Presse zufolge vermutete die Polizei einen persönlichen Racheakt. Man schlug einem nicht in einem Fernsehstudio den Schädel ein, um an seine Brieftasche zu kommen – was durch die Tatsache bestätigt wurde, daß die Leiche ihre Brieftasche noch bei sich hatte, die eine vorsichtig bemessene, aber hinlängliche Summe enthielt. Vilariño war enttäuscht und verärgert über die allzu offen zutage liegenden Tatsachen, die die Polizei so routiniert ans Licht brachte, hielt sich jedoch in seinen kritischen Äußerungen zurück, denn, so überlegte er, seine tiefe demokratische und antifaschistische Überzeugung hatte in ihm ein Ressentiment gegen die Polizei genährt, das ihren Beziehungen abträglich sein konnte.

«Ich bin kein Antifranquist der letzten Stunde wie so mancher andere!»

Dies pflegte Vilariño zu sagen, mit der Noblesse seines rasierten Römerhauptes, in dem wache, treue Augen, vielleicht ein klein wenig zu beweglich, durch die weißgraue Ruhe eines Kinnbartes ausgeglichen wurden, der die Olive seines Gesichts abrundete.

«Ich bin ein alter Republikaner, ein treuer Diener unserer gekrönten Demokratie, die von seiner Majestät, König Juan Carlos, repräsentiert wird.»

Man erfuhr nie und würde wohl auch nie erfahren, was der König von Vilariños eigenwilligen Erklärungen über die angebliche Republiktreue seiner Amtsführung hielt. Sicher ist aber, daß dem König, wie jedem guten Spanier, die Programmgestaltung von TV Española nicht gefiel, und was dessen Generaldirektor betraf, so hielt er ihn für ebenso galicisch wie exzentrisch.

«Dies kann der Beginn einer großen Karriere sein, Biscuter!» bemerkte Carvalho, als er seinem unumschränkten Bevollmächtigten die letzten Anweisungen gegeben hatte. «Ein Fall in Madrid, und dazu noch bei Televisión Española!»

«Sie werden ins Fernsehen kommen, Chef!»

«Wenn alles vorbei ist, vielleicht.»

«Nach dem, was ich gelesen habe, ist für mich der Mörder ein Sadist, der sich in den Kulissen von TVE versteckt hält wie das Phantom der Oper. Haben Sie diesen *starken* Film gesehen, Chef?»

Carvalho dachte während der ganzen Fahrt nach Madrid an das Phantom der Oper und erdachte ein audiovisuelles Phantom für Prado del Rey, etwas punkig, aber mit Schuppen, mit Hard Rock unterlegt, aber auch mit etwas Leierkastenmusik, ein Brötchen mit Kartoffeltortilla und Hamburger oder *callos à la madrileña** mit Ketchup. Auf dem Madrider Flughafen bestieg er ein Taxi und sagte: «Prado del Rey.»

* traditionelles Kuttelgericht mit Paprikasoße

«Zum Fernsehen?» fragte der Taxifahrer nach.

«Genau.»

Nach fünf Fahrtkilometern hatte der Fahrer genügend Zutrauen gefaßt, um zu sagen: «Wissen Sie, wie man Prado del Rey jetzt nennt, nach dieser Mordgeschichte?»

«Keine Ahnung.»

*«Bragueta del Rey.»**

«Manche Leute haben wirklich Phantasie.»

«Die denken sich alle möglichen Schweinereien aus», urteilte der Taxifahrer mit dieser existentiellen, angewiderten Melancholie, die die besten Taxifahrer zur Schau tragen. Er überließ Carvalho den Empfangsdamen von TVE, wo dieser wieder einmal bestätigt sah, daß er für Portiers, Empfangsdamen und Bankkassierer schlechte Vibrationen ausstrahlte. In diesem Falle lauschten sie skeptisch seinem Ansinnen, Vilariño zu interviewen. Vielleicht war diese Skepsis ein Merkmal der Gattung all derer, die von der Frage leben: «Wohin wollen Sie?» Er mußte seinen Personalausweis vorlegen. Eine Rockband der Madrider Szene namens «La Asquerosa de tu Madre»** hatte die Rezeption okkupiert. Als die junge Frau, die ihn kontrollierte, festgestellt hatte, daß es mit dem Termin bei Vilariño seine Richtigkeit hatte, und Carvalho eine Wandlung ihres Ausdrucks erwartete, mußte er erleben, daß die Skepsis in Abscheu umschlug, der zur Hälfte Carvalho selbst und zur Hälfte Vilariño galt – und, falls noch etwas übrig war, der Situation oder dem Leben überhaupt. Prado del Rey präsentierte sich ihm also als Paradies der Desillusionierung, des Unglaubens.

Das Hauptgebäude war so franquistisch, daß es einem Angst einjagte. Carvalho hatte die franquistische Architektur schon immer Angst eingejagt. Es waren Gebäude mit viel Eingang und wenig Ausgang. Gebäude wie Fallen, falscher als falsche Fuffziger. Er durchschritt eine Eingangshalle für transzendentale Vorträge und wurde in einen Lift voller Leute gedrängt, die auf einen gewissen Martínez schimpften. Noch zwei Portiers trennten ihn von der Schwelle zu Vilariños Büro, und als er sie endlich überschritten

* Während Prado del Rey «Wiese des Königs» bedeutet, heißt *Bragueta del Rey* «Hosenschlitz des Königs».

** «Deine Mutter ist zum Kotzen.»

hatte, ließen Sekretärinnen und Männer mit den verschiedensten Funktionärsgesichtern nur zögernd von ihrer ursprünglichen Absicht ab, ihn nicht zu Vilariño vorzulassen – nicht weil sie etwas Bestimmtes gegen Carvalho gehabt hätten, sondern aus Prinzip. Aber schließlich öffnete sich die entscheidende Pforte, und da war er, kam auf ihn zu, ein untersetztes, joviales Individuum mit dem Aussehen eines italienischen Fliegers der dreißiger Jahre, ohne daß sich Carvalho selbst diesen Eindruck hätte erklären können. Vilariño hatte etwas von einem Kondottiere aus der Zeit zwischen den Weltkriegen.

«Man hat mir so viel von Ihnen erzählt, daß ich sagen könnte, ich wisse gründlich über Sie Bescheid. Und wenn ich es sagen könnte, sage ich es auch. Ich verstehe diese Sucht nicht, die uns alle gepackt hat, diese Sucht, im Konditional zu reden. Ich würde sagen, daß... Also, wenn man es sagen würde, soll man es auch tun. Und schuld daran, daß die Sprache so auf den Hund gekommen ist, sind wir, wir, die Politikerkaste. Duzen wir uns, Pepe? Unter Landsleuten?» Er zwinkerte ihm zu und drückte ihm gleichzeitig die Hand, in der Absicht, ihm eine ebenso unerwartete wie tiefe Zuneigung auszudrücken. Und während Vilariños Hand die Carvalhos festhielt, schloß sich ein Auge des Generaldirektors in einem eindeutigen Zwinkern, das von einer überraschenden Enthüllung begleitet wurde.

«Zwei alte Republikaner erkennen einander überall, wo sie sich treffen. Die Weltgeschichte ist recht eigen, und sie hat Beweggründe, die der Intellekt verstehen, aber das Herz nicht gutheißen kann. Pepe, kennst du meine Theorie über diesen Mord? Sie ist wenig wahrscheinlich, deshalb habe ich niemandem davon erzählt, aber ich glaube, es handelt sich nicht um ein persönliches Verbrechen; also gut, persönlich insofern, als ein Mensch gestorben ist und der Tod eines Menschen das allerpersönlichste und am wenigsten übertragbare Ereignis ist, das man in Betracht ziehen kann... Aber, ich will sagen, daß es in diesem Fall Beweggründe politischer, sozioökonomischer und soziokultureller Natur gibt.»

Carvalho schwieg in Erwartung weiterer Enthüllungen. Vilariño warf ihm einen bedeutungsschwangeren Blick zu, voller Einladungen, ihm auf dem spekulativen Weg zu folgen, den er vor ihm auftat. «Was sagt dir das Wort Privatfernsehen?»

Carvalho unterdrückte ein Achselzucken und versuchte dafür, Vilariño einen ebenso hintergründigen Blick wie den seinen zurückzugeben.

«Der Mord ist Teil einer Verschwörung, mit dem Ziel, die öffentliche Anstalt zu diskreditieren und dem Privatfernsehen den Weg freizumachen. Es geht um viele Millionen, um große politische und wirtschaftliche Macht. Ich traue nichts und niemandem, und deshalb habe ich mich an dich gewandt. Ich will nicht, daß die offiziellen Nachforschungen einen Hasen aufstöbern, wo es mir nicht paßt, oder zu einem Zeitpunkt, der mir noch weniger paßt. Pepe, hör zu, was ich dir sage! Und das sagt dir ein alter Republikaner. Wir sitzen im großen Haus der Macht, im großen Haus des Staates selbst... aber nur als Mieter! Die Staatsmacht gehört nicht uns.»

Es war lange her, daß Carvalho aufgehört hatte, sich für Staatstheorie zu interessieren, und er war deshalb erleichtert, als er der diskursiven Umzingelung Vilariños entkam und zum erwartungsvollen Schweigen eines Subalternen überging, einem stellvertretenden Stellvertreter eines Direktors von ich weiß nicht was, der ihm zugeteilt war, um ihn zu unterrichten und ihm zu helfen, sich in Prado del Rey zurechtzufinden. Die Person war gut gewählt.

«Die Leiche wurde am nächsten Morgen um neun Uhr vom Hausmeister des Studios gefunden, bei dem Versuch, eine umgestürzte Kulisse wieder aufzurichten. Der Schädel war zerschmettert; der Tote trug ein Jackett aus feinem karierten Wollstoff, bei dem der Farbton Granat vorherrschte, sowie cremefarbene Hosen, Mokassins von blauer, fast schwarzer Farbe und lange schwarze Socken. An der linken Hand trug er einen Ehering, am Zeigefinger der Rechten einen goldenen Siegelring mit bunter Emailleeinlage, die den Kopf eines Indios, genauer gesagt, eines Indianers, zeigte.»

«Von welchem Stamm?»

«Komantsche. Bestimmt war es ein Komantsche.»

Cifuentes beantwortete unerschütterlich alle Fragen, und als Carvalho sein gutes Gedächtnis lobte, erwiderte er, er sei während seiner gescheiterten Regisseurslaufbahn neben vielen anderen Tätigkeiten auch einmal der des *script* nachgegangen. «Ich galt als bestes männliches *script* der fünfziger Jahre. Tatsächlich war das nicht schwer, denn die *scripts* sind überwiegend Frauen.»

Die Informationen über Araquistains Berufsleben ergaben, daß er im Lauf der Zeit sieben Fernsehserien, sechs Kurzfilme und fünf Filme von normaler Dauer gedreht und dabei mit Tausenden von Leuten zu tun gehabt hatte. Diejenigen, die üblicherweise am ehesten zur Mordwaffe greifen, also Liebes- oder Geschäftspartner, waren in diesem Fall gegen direkten Verdacht gefeit. Die Ehefrau, die getrennt von ihrem Mann lebte, war zur fraglichen Zeit in Frankreich gewesen und hatte ihre kranke Mutter gepflegt. Geschäftspartner gab es keine.

«Von der Wohnung zur Arbeit, von der Arbeit zur Wohnung. Ab und zu fuhr er zu einem Sägewerk in Cercedilla, um mit der Axt Baumstämme durchzuhacken. Hier in der Nähe waren keine Baumstämme aufzutreiben. Madrid wird immer affiger, und an einen Baumstamm ranzukommen ist schwerer als sonstwas.»

So beklagte Cifuentes, wie schwer es Araquistain im Leben gehabt hatte, seiner Passion als *aizkolari** nachzugehen. «Er war baskisch, sehr baskisch.»

Araquistains politischer Werdegang war wie der aller übrigen Profis beim Film, in der Literatur und der Kunst. Er sei sechs Monate lang in der KP gewesen, dann Anarchist, als Franco starb und diese stinklangweilige Demokratie kam, und schließlich immer mehr zum baskischen Nationalisten geworden.

«Es ging immer um das Volk, wenn er sprach. Dabei sprach er nicht viel. Volk hier, Volk da. Er behauptete, die Basken seien ein eigenes Volk. Jawohl, aber dann gilt das auch für Zamora! Ich bin nämlich aus Zamora. Daß die Polizei nachprüfte, ob er Kontakt zur ETA hatte, war ein harter Schlag für ihn. Er sagte, totschlagen dürfe man nicht einmal die Zeit! Das war ein Witz. Als würde man die Zeit umbringen! Die stirbt schon von alleine.»

Cifuentes begann, in Carvalhos Achtung zu steigen, sank aber sofort wieder, als er vorschlug, in einer Cafeteria «irgendwas» zu essen. Ob Franquismus oder Demokratie, es liefen immer noch zu viele Leute herum, die bereit waren, «irgendwas» oder «was es gibt» zu essen und dabei Tausende von Jahren der Entwicklung der Kochkunst in den Wind zu schlagen, die in jenem entscheidenden Moment begann, als einem Primaten ein Stück rohes Fleisch ins Feuer fiel. Zweifellos kam es schon damals zur ersten

* Baskische Bezeichnung der Leute, die die Axt als Sportgerät benutzen.

Aufspaltung in Anhänger von «englisch» und «gut durch». Cifuentes stammte von jenem Teil der Menschheit ab, der sich für die zweite Möglichkeit entschieden hatte. Mit ihm zu essen, hieß, den Anblick einer unglaublichen Lustlosigkeit zu ertragen.

«Ich bin etwas anorektisch.»

Damit entschuldigte er sich dafür, daß er sein hauchdünnes paniertes Schnitzel nicht aufaß – es war so stark gebraten, daß man es für einen überdimensionalen Kartoffelchip halten konnte. Carvalho zügelte seine intellektuelle Abscheu und bemühte sich, andere eventuelle Qualitäten seines Informanten aufzuspüren. So trank er beispielsweise gerne Kaffee.

«Ich trinke gerne Kaffee, am liebsten ganz stark.»

Aber er konnte sich ein Naserümpfen nicht verkneifen, als Carvalho sich eine Cerdán Gable ansteckte.

«Entschuldigen Sie! Ein Reflex. Der Rauch stört mich gar nicht, aber meine Frau ist der Liga gegen das Rauchen beigetreten und macht mir jedesmal eine Szene, wenn ich nicht die Nase rümpfe, sobald jemand raucht. Es ist schon ein richtiger Tick geworden.»

Es gibt keine schlimmere Art, eine Zigarre zu rauchen, als es im Beisein eines Menschen zu tun, der das Rauchen haßt. Nicht nur der Raucher leidet, auch die Seele der Zigarre fühlt sich beleidigt und versucht, Selbstmord zu begehen, indem sie zunächst immer wieder plötzlich ausgeht und dann immer mehr Nikotin abscheidet, um rasch zu ersticken. Carvalho bettete die Leiche der Zigarre in einen Aschenbecher – zehn Zentimeter bester dominikanischer Tabake, zusammengekrümmt unter dem Druck des eigenen Leides und der fremden Verachtung – und schickte sich an, Cifuentes' Geistesblitzen zu lauschen.

Das Verbrechen konnte berufliche Gründe haben. Eine Kurzfassung des Inventars aller eventuellen Feinde eines Film- und Fernsehregisseurs umfaßt alle denkbaren Feinde, die ein menschliches Wesen haben kann, aber vor allem folgende: enttäuschte und erboste Schauspieler und Schauspielerinnen, die keine Rolle bekommen haben; Freunde, Freundinnen, Ehepartner, Eltern und leibliche Vettern der Verschmähten; andere Regisseure, die durch die guten oder bösen Künste des Regisseurs nicht zum Zug gekommen sind; jeder Club von Regisseuren, die schon immer und für immer arbeitslos sind; Verfasser abgelehnter Drehbücher; Schriftsteller, deren ursprüngliche Idee entstellt worden ist; Produzenten, deren Geldmangel oder Bankrott der Regisseur zu verantworten hat... Damit schien Cifuentes seinen Vorrat erschöpft zu haben, den er gleichzeitig auf einem Blatt Papier notierte. Carvalho überflog die Liste.

«Es fehlen noch die Drehbuchautoren, deren Drehbücher man entstellt hat.»

«Bei allem Respekt, Señor Carvalho, man merkt doch, daß Sie die Filmleute nicht kennen. Drehbuchautoren sind wie Sandelholz; es parfümiert die Axt, die es zerhackt. Ein Drehbuchschreiber weiß, daß er immer verarscht wird, dafür ist er schließlich da.»

Er sprach mit radikaler, persönlicher Verbitterung.

«Waren Sie auch mal Drehbuchautor, Cifuentes?»

«Ja, auch. Zu den vielen Motiven, die ich hätte, um Leute aus diesem Metier umzubringen, gehört auch, daß ich ein Jahr lang die Erzählungen des Cid zu vierzig Drehbüchern verarbeitet habe. Dann kam ein Ministerwechsel, ein neuerungsfreudiger Generaldirektor wurde ernannt, und der sagte zu mir, den Cid habe es nie gegeben, er sei eine Erfindung von Menéndez Pidal; dieser habe als pubertierender Jüngling *El Cantar de Mío Cid* selbst geschrieben, denn die Strophen seien eindeutig unausgereift. Was sagen Sie jetzt? Nein, nein, ein Drehbuchautor ist eine Sklavenseele. Schriftsteller, das ist etwas anderes. Von denen ist jeder ein Arschloch hoch drei, ein eingebildeter Ignorant, der auf die audiovisuellen Medien herunterblickt und immer der Meinung ist, man habe seine großartigen Ideen entstellt. Jeder Schriftsteller ist ein kleiner Messias. Das Bild ist der größte Feind dieser Tintenkleckser.»

Wie auf Cifuentes' Anweisung hin hatte die Polizei drei Schriftsteller auf die Verhörsliste gesetzt, deren Werke Araquistain verarbeitet hatte. Von dem kolumbianischen Schriftsteller Cartagena Sánchez hatte er eine Erzählung des magischen Sozialrealismus verfilmt, in der sich Haifische zusammentun, um Revolution zu machen, und schließlich zu Fischmehl verarbeitet werden, das von Hündchen in Paris und Mailand gefressen wird. Unter Araquistains Händen war die ursprüngliche Handlung zu einer Geschichte von Sirenen geworden, die eigentlich amphibische, von Haifischfleisch lebende Transvestiten sind und am Ende ein Bordell eröffnen, das das Vorzimmer für eine Haizuchtfabrik bildet. Obwohl Cartagena Sánchez protestierte und überzeugende Erklärungen für die Änderungen verlangte, bekam er von Araquistain nicht mehr als die schwammige und arrogante Antwort, aus Haien könne nicht einmal Walt Disney filmisch etwas herausholen, Sirenen hätten wenigstens Busen und könnten blond sein. Der Prozeß darum war noch nicht entschieden, aber die Serie war bereits in Lateinamerika ausgestrahlt worden, in den Ländern, wo die Generale das Betrachten von Sirenenbrüsten gestatteten.

Von dem andalusischen Schriftsteller Federico Luceros hatte Araquistain mit großer Anfangsbegeisterung die Geschichte eines Picadors aus Utrera übernommen, dessen Familienname Igaragorri lautet und der von der fixen Idee besessen ist, er sei in Wirklichkeit Baske und habe mit den schlappen Südländern überhaupt nichts zu tun. Aber während Federico zu der Moral gelangte, daß zwischen Basken und Andalusiern kein wesentlicher Unterschied bestehe, weder körperlich noch geistig, ließ Araquistain die Sache auf das Niveau der surrealistischen Verrücktheit eines ausgeflippten Picadors abgleiten und mit dem Skandal enden, daß dieser in einer Corrida mit sechs Stieren in der Kleidung eines baskischen Volkstänzers auftritt, mit Baskenmütze, Leibbinde und Leinenschuhen. Als ihn der Stier vom Pferd holt, beginnt ein Kampf auf Leben und Tod, und der Baske erwürgt das Tier mit bloßen Händen, bezahlt aber mit dem eigenen Leben, während sich die Frauen in den ersten Reihen in einer letzten, symbolischen Hingabe für den vom Stier getöteten Macho schweigend entkleiden.

Die Geschichte mit Sánchez Bolín war schmutziger gewesen. Der Schriftsteller, der als letzter Vertreter eines relativierten Sozialrealismus galt und außerdem Mitglied einer der fünf oder sechs kommunistischen Parteien des Landes war, hatte eine Serie von Kriminalromanen geschaffen, in denen er die Entwicklung der spanischen Gesellschaft vom Tod Francos bis ins Unendliche darstellen wollte. Sánchez Bolín hatte die Funktion eines subjektiven Führers durch die erzählerischen Abenteuer einem Privatdetektiv übertragen, in der Art von Chandlers Marlowe, aber auf galicisch. Das literarische Ergebnis dieser ungewöhnlichen Alchimie fand bei der lesenden Gesellschaft großen Anklang, was die Programmgestalter des Fernsehens zu der Idee inspirierte, eine Serie daraus zu machen. Sánchez Bolín unterschrieb den Vertrag, kassierte und kümmerte sich nicht mehr darum. Jahre später überraschte ihn ein neuerliches dringendes Verlangen der Leitung von TVE, das Projekt so schnell wie möglich in Gang zu bringen. Araquistain legte Hand an die Geschichte von Sánchez Bolín, und als die Dreharbeiten begannen, sah sich der Schriftsteller von etwas vergewaltigt, das laut Araquistain sein eigenes Werk und sein eigener Held war. Sein Protest konnte die unerbittliche Produktionsmaschinerie nicht anhalten, und das Äußerste, was er erreichen konnte, war das Versprechen, man werde im Lauf der Dreharbeiten unter der Hand zur Originalgeschichte zurückkehren, damit sie von ihrem Vater wiedererkannt werden konnte. Dies geschah nicht, und beim Probelauf der Sendung hatte Sánchez Bolín das unangenehme Gefühl, daß man seinen literarischen Helden zu einem Zuhälter mit permanenter Peniserkältung gemacht hatte, denn bei jeder dritten Einstellung öffnete ihm eine der Hauptdarstellerinnen den Reißverschluß an der Hose, um mit ihm in einem Kleinwagen Liebe zu machen – ein barbarischer Sexualbrauch, der im Spanien der sechziger Jahre Mode war, unter der Diktatur, als der SEAT 600 und die Toilette die einzigen und letzten Rückzugsgebiete des Intimlebens darstellten.

Cartagena Sánchez hatte ein Alibi. Er weilte zur Tatzeit bei einem seiner regelmäßigen Besuche als Fidel Castros Lektüreberater in Havanna. Dank Cartagena war Castro beim Lesen Pluralist und hatte vor kurzem *Das Parfum* von Süskind und *Die unerträgliche Leichtigkeit des Seins* von Kundera gelesen, obwohl beide Romane zu den Antipoden der auf Kuba vorherrschenden Kunstrichtung gehörten. Das Alibi von Federico Luceros war ebenfalls hieb- und stichfest; er war in der fraglichen Nacht auf einer Versteigerung in Paris gesehen worden, wo er auf einen Stock von Jean Cocteau bot – seine Leidenschaft für Stöcke und deren Gebrauch war bekannt. Tatsächlich erwies sich die Reise jedoch als Flop, denn der Stock wurde Baronesse von Thyssen zugeschlagen, einer ehemaligen «Miss Europa» und Tarzanwitwe, die von dem Stock hingerissen war und damit ganz privat, nur vor ihrem Mann, als *majorette* defilieren wollte.

Wer kein Alibi hatte, war Sánchez Bolín. Er gab an, bis in die frühen Morgenstunden mit der Zubereitung eines hochkomplizierten Gerichtes, das den wohlklingenden Namen *oreiller de la belle Aurore* (Kopfkissen der schönen Aurora) trug, beschäftigt gewesen zu sein, das, wie er der Polizei erklärte, von Brillat Savarin als Hommage an seine Mutter erdacht worden war, die Aurora hieß. Von der Polizei nach der ungefähren Zubereitungsdauer gefragt, drückte der Schriftsteller, wie aus Cifuentes' privaten Aufzeichnungen hervorging, seinen Unmut über das Ansinnen aus, die Zubereitung eines der Glanzlichter der Küche des neunzehnten Jahrhunderts zeitlich einzugrenzen, das, obwohl einfältig und mit Kalorien überfrachtet, doch zu den Klassikern gerechnet zu werden verdiene. Die Reaktion der Polizei angesichts dieser erschwerenden Umstände war Cifuentes nicht bekannt, aber Sánchez Bolín hatte die Anweisung erhalten, seine Madrider Wohnung für die Dauer der Ermittlungen nicht zu verlassen.

Das Schweigen von Cifuentes, einem Mann, der auch das Schweigen nicht ohne Grund einsetzte, gab Carvalho zu verstehen, daß der Bericht zu Ende war.

«Es gibt also fünftausend mögliche Mörder plus einen, diesen Sánchez Bolín.»

Cifuentes zuckte die Achseln. Als ehemaliges *script* war es seine Aufgabe, die Details zu hüten, und als gescheiterter Drehbuchautor war er für Schlußfolgerungen nicht zuständig. Madrid hat drei Millionen Einwohner, dachte Carvalho, bevor er sich ein paar Minuten lang einer gewissen Niedergeschlagenheit überließ, die unschwer als Ratlosigkeit zu interpretieren war.

Er ging, von Cifuentes gefolgt, durch die Haupthalle von Prado del Rey, als er von einem Rothaarigen mit platter Nase und vielen Sommersprossen angesprochen wurde.

«Sie kennen mich nicht, daher stelle ich mich vor. David Santidrián. Ich hätte Araquistains Regieassistent werden sollen und kannte ihn, als hätte ich ihn zur Welt gebracht. Es ist für sie von Vorteil, mit Leuten von der Basis zu sprechen, die hier arbeiten, nicht mit dem da.»

Dabei wies er verächtlich auf Cifuentes. Dieser verabschiedete sich mit ironischer Miene. «Wenn Sie mich brauchen, finden Sie mich in meinem Büro. Ich habe eine Sitzung, die nicht vor den frühen Morgenstunden zu Ende sein wird.»

Santidrián wartete kaum ab, bis Cifuentes verschwunden war, um zu sagen: «Er ist kein übler Bursche, aber er ist politisch geworden. Er hat noch nie auf irgendeinem Gebiet etwas Gutes geleistet, und jetzt engagiert er sich politisch. Was riechen Sie, seit Sie dieses Haus betreten haben?»

«Insektenpulver, Desinfektionsmittel, Rheumasalbe, Seife.»

«Seien Sie nicht so höflich! Es riecht nach Scheiße. Ich weiß, Sie sind der Spürhund, den Vilariño angeheuert hat, um die Geschichte mit Araquistain aufzudecken. Ein Spürhund erkennt diesen Geruch unter Tausenden. Es riecht hier nach Scheiße. Das ist die Küche, wo die Lügen der Regierung zusammengebraut werden und wo auch die NATO-Kampagne ausgeheckt wurde. Sie wollen uns in den imperialistischen Block der Yankees einreihen. Kommen Sie mit mir, Sie werden es nicht bereuen! Oder, noch besser, wir verabreden uns für heute abend, dann zeige ich Ihnen Madrid *by night* und bringe Sie mit Leuten zusammen, die hier arbeiten, aber an der Basis. Sie sind im ‹Palace› untergebracht, nehme ich an. Ich hole Sie nach dem Abendessen ab.»

Carvalho schlenderte durch die Straßen, bis sein Körper eine Entschädigung für das katastrophale Essen verlangte, und ging, von einer unklaren, aber vielversprechenden Information geleitet, in die Calle Echegaray, zum Restaurant von Caco Senante, um etwas zu essen, das ihn gleichzeitig an die Karibik und die Kanaren erinnerte. Er bestellte «Mauren und Christen», *ropavieja** und gebratene Banane und goß sich, um diesen herrlichen Magenpflastern den Weg zu ebnen, drei Cocktails hinter die Binde, die ihm ein langsamer, aber sicherer Schwarzer an der Theke mixte. Der Besitzer des Lokals war ein protohistorischer Rocksänger, obwohl er eher wie ein kanarischer Ringerchampion wirkte, der wegen irgend etwas rotsieht, das ihm das Leben oder die Geschichte angetan haben. Er bestellte Palmkäse, um damit das Loch zu stop-

* auf den Kanaren: gekochtes Rindfleisch mit Kichererbsen in Tomaten-Paprika-Soße

fen, das er in seinem Magen eigens dafür ausgespart hatte, aber es gab keinen. Es war einer der großen Schicksalsschläge seines Lebens. Ein kanarisches Restaurant und kein Palmkäse!

In der Zeit vor dem Treffen schlenderte er in der Gegend des Cortes-Palastes umher und glaubte einmal sogar, unter den Leuten, die aus dem Gebäude kamen, einen Abgeordneten zu erkennen; sie kamen zu deutlich später Stunde heraus, mit Gesichtern wie Schüler, die nachsitzen mußten, weil sie die Hausaufgaben nicht vollständig vorgelegt hatten. Die Gegend erinnerte ihn an den Putschversuch von 1981, kurz nach seinem Blitzbesuch in Madrid, als er hinter dem Mörder von Fernando Garrido her war, dem Generalsekretär der Kommunistischen Partei – er ruhe in Frieden. Man mordete hier eben in den höchsten Kreisen, seien es Generalsekretäre oder Fernsehregisseure direkt in den zentralen Studios von Prado del Rey.

Santidrián kam, als Carvalho überlegte, ob das Aufsehen, das die Ermordung Araquistains erregte, der Mordwaffe würdig war. Unter einem Schrank, der zu den Kulissen gehörte, begraben zu werden schien ihm eher in einen komischen Horrorfilm mit Budd Abbott und Lou Costello zu passen als in eine Superproduktion der Kapitale der Postmoderne.

«Jetzt machen Sie schon ein anderes Gesicht. Madrid verändert die Gesichter der Leute. Mein Auto ist momentan in Reparatur, daher komme ich zu Fuß. Aber das Lokal, wo wir hingehen, ist nicht weit von hier. Kennen Sie das neue Madrider Nachtleben?»

«Das alte wenig, das neue gar nicht.»

«Das ist hier die Hauptstadt von Europa! Die Garderobe Europas. Wie Insider sagen: ‹In New York arbeiten und in Madrid Urlaub machen.› Oder umgekehrt. Nach meinen Unterlagen sind Sie Katalane.»

«Gebürtiger Galicier.»

«Aber Sie leben in Barcelona. Eine tote Szene. Tot. Ein Freund von mir, der oft nach Barcelona fährt, sagt immer: ‹Junge, in Valladolid ist mehr los als in Barcelona!› Schauen Sie her!»

Er zeigte ihm eine Mappe, die er unter dem Arm trug.

«*Suspense*! Später zeige ich Ihnen den Inhalt. Hier drin liegt der Schlüssel zu dem Fall. Ich war ein enger Freund von Arturo Araquistain und schon fast sein Regieassistent, aber Intrigen haben es verhindert. Ich will Ihnen nicht meine Kriegsverletzungen vorzeigen, mein Freund, aber Sie haben einen alten Kämpfer gegen Franco vor sich, und es mag noch so unglaublich erscheinen – so etwas trägt man heute nicht, so etwas läßt die Leute erröten, es ist peinlich und weckt das schlechte Gewissen. Das Leben dieser Demokratie ist wie eine Hühnerleiter: kurz, aber beschissen. Heute nacht haben Sie die Chance, mit den richtigen Leuten zu reden.»

Sie gingen den Paseo del Prado hinauf, bis Santidrián fand, es sei an der Zeit, in eine Seitenstraße einzubiegen, die zu der erleuchteten Tür eines Lokals führte, vor dem King Kong Wache stand.

«Hallo, du Affe», grüßte Santidrián völlig angemessen, und aus dem Kopf des Gorillas tönte es wohlerzogen: «Ich wünsche einen guten Abend, Don David, Ihrem Begleiter ebenfalls!»

Santidrián prüfte argwöhnisch Carvalhos Erstaunen, das, wie er meinte, unbezwingbar sein mußte. «Madrid ist eben anders.»

Das Lokal hieß «Mala Entraña», was soviel wie «Bauchweh» bedeutet, und war seit vierzehn Tagen «in».

«Waren Sie schon im ‹Compinche›, ‹Ultra Sur›, ‹Sarazos› oder ‹Carasol›? Die haben alle in den letzten drei Monaten aufgemacht. Das ‹Boccaccio› ist und bleibt das ‹Boccaccio›, aber die *movida* kennt keine Grenzen. Das ist wie ein Ölfleck, der sich ausbreitet.»

David Santidrián, der Beinahe-Regieassistent von Araquistain, war stolz auf *Madrid la nuit*.

«Es heißt, Tierno Galván hätte das alles aufgebaut, aber das stimmt überhaupt nicht. Tatsächlich war der Alte schlauer als ein Eichhörnchen, er sprang auf den Zug der *movida* auf und drehte den ganzen *beautiful people* eine lange Nase, die auf dem Bahnhof stehenblieben. Glauben Sie mir! Wenn in fünfzig Jahren eine Bilanz der demokratischen Kultur im Spanien nach Franco gezogen wird, wird es nichts geben, das mit der Madrider *movida* vergleichbar wäre. Die Revolution der Skelette, von unten nach oben.»

«Was soll das heißen, *beautiful people*?»

«Wo leben Sie eigentlich? Ach ja, in Barcelona. Wie hinterwäldlerisch die Leute dort sind! Die *beautiful people*, das sind die Stars der Sozialisten, die sozialistischen Yuppies: Boyer, Rubio, Solchaga und Solana von der Telefongesellschaft.»

Die Attraktion des «Mala Entraña» war eine englische Balladensängerin mit dieser ausgezeichneten, gesunden Blässe, die manche englischen Mädchen auszeichnet, und zwei runden, rosigen Brüsten, die sie auf dem Klavier deponierte, während sie versuchte, dem Pianisten das Gefühl ihrer Lieder zu vermitteln.

«Sehen Sie, was man trinkt!»

Perrier aus kleinen Flaschen.

«In letzter Zeit trinkt man nichts anderes mehr. Da ist ja die Rasselbande.»

Er ging vor Carvalho her zu einem Tisch, an dem zwei Paare und Graf Dracula Konversation machten. Die beiden Paare waren eben zwei Paare, und der eventuelle Graf Dracula war ein junger Mann in Trauerkleidung, die Geheimratsecken mit Kohlestift nachgezogen, ebenso den Schnurrbart, und um die Augen rot geschminkt. Carvalho glaubte, ihn schon einmal in einer Zeitschrift gesehen zu haben.

«Leute vom Fernsehen und der *Sinanthropus pekinensis.* Die vier gehören zu dem Pack von Prado del Rey, und der *Sinanthropus* ist der Leadsänger einer Rockgruppe, von der Sie sicher gehört haben: ‹Los Ejecutados Agresivos› *.»

«Wer ist dein Freund, Holofernes?»

«Nenn mich nicht Holofernes, ich heiße David.»

«Das ist doch auch aus der Bibel. Also was soll's, Holofernes?»

Es sollte etwas, denn er packte ihn mit einer Hand am Kragen und schlug ihm die Faust ins Gesicht, zu der sich die andere Hand geballt hatte. An einem Tisch in der Nähe kreischte jemand auf, aber der *Sinanthropus* tat nicht mehr, als sich mit schlaffer Hand über das Auge und die Lippe zu fahren, die der Schlag getroffen hatte, und lächelte zur Bestätigung einer geheimen und allem Anschein nach nicht mitteilbaren Überzeugung. Santidrián verstand, daß Carvalho etwas erstaunt war, denn er forderte ihn mit einer Kopfbewegung auf, sich keine Gedanken zu machen und sich an den Tisch zu setzen. Die Bestandteile der beiden Paare von Fernsehleuten waren ebenso ungerührt.

* Wortspiel mit dem Begriff *ejecutivo agresivo*, etwa «dynamischer Manager»; die Band heißt danach etwa: «Die dynamischen Opfer des Managements».

«Hier: ein Privatschnüffler. Hier: fünf Erleuchtungen, inklusive des *missing link.*»

Der *Sinanthropus* lächelte Carvalho zu und fuhr sich dabei mit der Zunge über die Lippen. Santidrián runzelte die Brauen noch mehr als sonst und stieß zwischen den Zähnen hervor: «Tunte! Du wirst von Tag zu Tag tuntiger. Das hier ist der Schnüffler, der herausfinden will, wer den *aizkolari* umgebracht hat.»

«Bei den Zuständen in Prado del Rey hat einer einfach den Schrank auf ihn geworfen, um seinen Protest auszudrücken.»

Das kam von einem Mädchen mit wenig Nase, wenig Augen und viel Mund, der ihr sehr gut stand.

«Also, in Prado del Rey streiken sogar die Spinnen. Da es Vilariño ja eingefallen ist, daß er wirtschaftlich arbeiten will, damit er vor der Kommission der Cortes mit seiner Sparsamkeit angeben kann, gibt es nicht mal mehr Geld für Fliegen.»

«Früher hatten die Fliegen immer eine feste Planstelle.»

Jetzt wurde die Diskussion allgemein. «Hört mal, der Herr hier ist nicht aus Barcelona gekommen, damit ihr ihn um zwanzig Pesetas anhaut!» Santidrián hatte anscheinend das Sagen.

«Ach, ein Katalane!» sagte das eine Mädchen mit einer gewissen Enttäuschung.

«Er stammt aus Galicien», versuchte Santidrián zu vermitteln.

«Ach, ein Galicier.» Das Mädchen beharrte auf ihrer Enttäuschung. Augenscheinlich war sie von allen autonomen Regionen Spaniens enttäuscht, außer ihrer eigenen.

«Ich wollte, daß er mal Malocher von der Basis hört, damit er weiß, woran er ist. In Prado del Rey gibt es viel böses Blut, Señor Carvalho. Sie haben sich mit den oberen Chargen und mit Cifuentes unterhalten, aber es fehlen Ihnen die Leute von der Basis.»

Er wies der Reihe nach auf seine Leute, aber als er den *Sinanthropus* erreichte, winkte er ab. «Der da zählt nicht. In Prado del Rey wird jeden Tag gemordet, Señor Carvalho. Man bringt die Leute dazu, daß sie vor Ekel sterben, weil das so unsagbar ist, was da passiert. Man geht über die professionellen Qualitäten der eigenen Leute hinweg und sucht draußen, was man zu Hause haben könnte. Wissen Sie, was Vilariño zu mir sagte, als er Direktor wurde? ‹In diesem Hause gibt es kein Gramm Talent.› Glauben Sie, daß das die Leute aufbaut?»

«Die Wahrheit ist, daß ihr ein paar häßliche Filme gemacht habt, was mich nicht wundert.»

«Du hältst dein Maul, du Rotzpunker, jawohl, das bist du, ein Rotzpunker!»

Santidrián beschimpfte den *Sinanthropus* nicht wütend, eher, könnte man sagen, mit einer gewissen Liebenswürdigkeit, die von seiner Seite mit Lächeln und Augenzwinkern quittiert wurde.

«Araquistain wurde der Star von Prado del Rey, als Vilariño drankam. Es würde mich überhaupt nicht wundern, wenn es ein Feind von Vilariño getan hätte.»

Das hieß also, daß man den Voranschlag von fünftausend Mörder auf dreißigtausend aufstocken konnte.

«Es ist wichtig, daß Sie den einheimischen Proletariern zuhören», sagte Santidrián mit Nachdruck und deutete auf die anderen. Aber so gespannt Carvalho auch darauf wartete, keiner von ihnen sagte ein Wort. Sie tranken mit kleinen Schlucken ihr Perrier und ließen den Blick durchs Lokal schweifen, wobei sie die übrigen als Spektakel benutzten.

«Schau, dort kommt Txiki Benegas!»

Die Nummer Drei der Sozialisten kam in Begleitung einer telegenen Muse und der Nummer Vierzehn derselben Partei, die von ich weiß nicht wem begleitet wurde. Santidrián schoß in die Höhe und stürzte sich auf Txiki Benegas, um ihn zu umarmen und ihn «aufzubauen». «Nur Mut, Txiki, das mit dem NATO-Beitritt ist jetzt gegessen!»

Benegas hatte keine Ahnung, wer ihn da umarmte, war aber reaktionsschnell genug, um schließlich zu antworten: «Sowenig es uns auch gefällt, es ist eine Entscheidung der politischen Vernunft.»

«Der politischen Vernunft, jawohl.»

Für Benegas war die Audienz beendet, denn er folgte seinen Stammesgenossen zu einem anderen Tisch, und Santidrián kehrte mit flammendem Blick zu seinen Freunden zurück. «Toller Typ, dieser Benegas.»

«Hör mal, bist du nicht gegen diese NATO-Geschichte?»

Das fragte das Mädchen mit dem großen Mund und riß erstaunt die Augen auf.

«Ja, ja, natürlich.»

«Wieso hast du ihm dann Mut zugesprochen?»

«Was hätte ich ihm denn sonst sagen sollen?»

«Nichts. Einfach nichts... Ich bin für den NATO-Beitritt, und ich habe den Mund gehalten.»

Jetzt schaute Santidrián den Punk wütend an. «Also, wenn du aufstehst, um ihn zu begrüßen, knallen dich die Leibwächter ab. Hast du dich mal im Spiegel betrachtet?»

«Eigentlich bist du bloß ein kleiner Speichellecker, der es zum Generaldirektor bringen will.»

Carvalho fürchtete, daß sich die Schläge von anfangs wiederholen würden, aber Santidrián war innerlich hoch zufrieden über die seiner Meinung nach herzliche Begrüßung durch Benegas.

«Echt in Ordnung, dieser Benegas, echt in Ordnung.»

Was er von der Gruppe erwarten konnte, war ihm ebensowenig klar wie das, was er von dem äußerst vage formulierten Ermittlungsauftrag Vilariños halten sollte. Er fühlte das Bedürfnis, dem Teufelskreis von Prado del Rey zu entfliehen, und beschloß, Sánchez Bolín anzurufen, mit dem er zusammen in einer Entschlakkungs- und Abmagerungsklinik gewesen war, der «Kurklinik». Während Santidrián aus seiner Verzückung über die Begegnung mit Txiki Benegas auftauchte, ging er zu den Toiletten hinunter, um anzurufen. Sánchez Bolín schien neben dem Telefon gesessen zu haben. Er erinnerte sich nicht an Carvalho, ließ sich aber auf ein Treffen ein, als er ihm ins Gedächtnis rief, wer er war und warum er in Madrid war.

«Um acht Uhr früh.»

«Wenn es Ihnen früher lieber ist, dann früher.»

«Kommen Sie, wann Sie wollen, es darf nur nicht später als acht Uhr sein!» Damit hängte er auf.

Als er zum Tisch zurückkam, erwarteten ihn seine Tischgenossen stehend und bereit zum Gehen. «Das ist hier echt ätzend. Die Engländerin hat wohl ihre Tage, die singt ja nur Balladen für trübe Stunden. Ich kenne das richtige Lokal für uns: das ‹Copa y Coca›. Freunde von mir haben es aufgemacht. Er war früher Protestsänger und sie Psychiaterin in Argentinien. Alles mit Sardellenbrötchen, Sekt mit *élixir d'amour* und einer Schwarzen aus Panama, die echt irre Boleros singt.»

Als hätte er bei Carvalho eine gewisse Rückzugsbereitschaft

wahrgenommen, zeigte er ihm die Mappe und wies auf eines der Mädchen. «Es wird Sie interessieren, was in diesem Ordner ist und was Inma auspackt.»

Inma schien von Abscheu erfüllt, ohne daß für Carvalho erkenntlich war, gegen wen oder warum. Einer der Männer sagte, er habe noch eine Verpflichtung, und der *Sinanthropus* erbot sich, ihn in seinem importierten Opel Kadett mitzunehmen; importiert, darauf legte er Wert.

«Ja, ja, ich hab's gehört. Wenn du schon mit einem ausländischen Wagen protzen willst, dann aber mindestens mit einem Jaguar oder Ferrari, du Blödmann. Du bist wirklich zu blöd!»

«Du noch viel mehr, du hast ja noch nicht mal einen R5!»

«Dir geb ich's! Eines Tages zeig ich's dir wirklich!»

Aber anstatt es ihm zu geben oder zu zeigen, ließ sich Santidrián beim Abschied vor King Kong vom *Sinanthropus* auf die Wange küssen und küßte ihn ebenfalls.

«Ciao, Alter!»

«Ciao, Kleiner! Grüß deine Mama von mir, wenn du sie besuchst!»

«Wenn ich sie von dir grüße, schickt sie mich zum Teufel!»

Etwas wie Traurigkeit umgab Santidrián während der ersten Meter, als er vor dem Rest der Gruppe herging. Plötzlich wandte er sich nach Carvalho um. «Der *Sinanthropus* ist mein Sohn. Seine Mutter und ich lernten uns im Institut für Kinematographie kennen, damals, in den sechziger Jahren. Sie war der Körper, ich der Verstand. Haben Sie schon mal erlebt, daß sich Körper und Verstand vertragen? Und dabei ist der da rausgekommen. Ich verleugne meinen Sohn nicht, er ist nicht auf den Kopf gefallen und wird seinen Weg machen... aber um welchen Preis!»

Er seufzte auf, atmete Nacht ein und eine ganze Tüte voller Angst aus. «Haben Sie gesehen, was er für ein Fascho ist?»

«Es gibt Schlimmere.»

«Dabei ist alles nur Fassade. Wenn es drauf ankommt, macht er in die Hosen, wie man so schön sagt. Tatsächlich konnte ich wenig für ihn tun. Erst der Kampf gegen den Franquismus, dann der Kampf gegen diesen Abschaum, der sich alles unter den Nagel reißt. Immerhin hat seine Mutter Schneid für zwei und brachte ihn durch, denn wenn es auf mich angekommen wäre... Als er acht

Jahre alt war, versprach ich ihm eine Elektrogitarre, sobald er zwanzig Kilo schwer wäre, weil wirklich kaum was an ihm dran war, und der Typ fing an zu essen, und wie, und er hat's geschafft, aber ich konnte ihm die Gitarre nicht kaufen. Dieses Versagen schleppe ich immer noch mit mir herum, hier drin.» Er zeigte auf den genauen Ort, wo seine Seele saß, und hatte Tränen in den Augen.

«Wenn er seine patriarchalische Tour kriegt, verdirbt er uns den ganzen Abend», maulte Inma.

Die fünf stiegen in einen Ford Fiesta, aber der Fahrer kündigte an, er würde sie nur zum «Copa y Coca» bringen und dann nach Hause fahren. «Ich muß ein Drehbuch fertigschreiben.»

«Worum geht's diesmal?»

«Um den islamischen Fundamentalismus.»

«Letzte Woche ging's um Abwasseraufbereitung.»

«Du führst wohl Buch.»

Santidrián schien es zu stören, daß sie dem anderen so viele Drehbücher aufhalsten. «Wenn ich Glück habe, werde ich Regieassistent bei *El cura Merino.*»

«Der wird nicht gemacht.»

«Der *Cura merino* wird nicht gedreht?»

«Es ist keine Kohle da.»

«Wieder mal in die Scheiße gefallen.»

Der Fahrer und seine Frau setzten sie vor der Tür des «Copa y Coca» ab und fuhren fast grußlos davon. Santidrián hatte Inma in Besitz genommen, indem er ihr den Arm um die Schulter gelegt hatte, und Carvalho, indem er ihn mit dem Versprechen eines unvergeßlichen Abends köderte.

«Außerdem kann man hier in Ruhe reden.»

Aber davon konnte keine Rede sein. Die Sängerin aus Panama geizte mit ihrer Stimme, was sie als interpretative Subtilität ausgab, und die Inhaber des Lokals geizten mit Strom und ließen die wenigen Gäste im Dunkeln sitzen.

«Der Laden läuft. Ist ja fast voll hier!» rief Santidrián euphorisch aus, während er der argentinischen Psychiaterin die Schulter tätschelte. Sie war nicht seiner Meinung.

«Wenn weiterhin nur die paar Nachteulen kommen, machen wir zu.»

«Ich verteile viele Visitenkärtchen. Gib mir noch ein paar!»

«Also, trotz deiner unschätzbaren Hilfe kommt kein Schwein.»

Santidrián ignorierte die Ironie der Frau und forderte Carvalho auf, Inma in den Gastraum zu folgen, die mit wenig Lust vorausging. «Hier ist nichts los und nichts zu sehen», sagte sie, bevor sie in einem Sessel für klein geratene Japaner Platz nahm.

«Sei nicht gleich eingeschnappt, Inma! Ich kenn dich. Wir sind hergekommen, um Señor Carvalho über das Schlangennest Prado del Rey aufzuklären und ihm bei der Suche nach dem Mörder von Arturo Araquistain zu helfen. Aber bevor Sie uns Fragen stellen, gebe ich Ihnen für ein paar Stunden diese Mappe zu lesen. Es ist nicht nur ein perfektes Drehbuch mit dem Titel *Mord in Prado del Rey,* sondern auch eine Theorie über diesen Fall, eine scharfsinnige, versteht sich. Ich versuche, die Technik der Videoclips auf einen konventionellen Film von normaler Länge anzuwenden. Der Videoclip ist mehr als ein audiovisueller Aufreißer. Er ist ein Code, ein neuer Code, der eine neue Art des Sehens und Interpretierens der Realität vermittelt.»

Er schob die Mappe unter Carvalhos Arm. «Sie werden in diesen Tagen oft mit Vilariño zusammenkommen. Wenn Sie dieses Drehbuch gelesen haben, und ich bin sicher, Sie werden Spaß daran haben, würden Sie mir einen großen Gefallen tun, wenn Sie beim Gespräch mit ihm beiläufig erwähnen würden, daß ich dieses Drehbuch gemacht habe und daß es super ist. Vilariño ist immer scharf auf Meinungen von Leuten, die nicht zum Hause gehören. Sie könnten in dem Film den Detektiv spielen, Vilariño den Generaldirektor, und für die Rolle von Araquistain habe ich an Héctor Alterio gedacht. Tatsächlich hätte Araquistain, wenn er nicht Baske gewesen wäre, ganz gut Argentinier sein können, keiner von denen, die die Malvineninseln in kleinen Stücken ausverkaufen, sondern einer von diesen düsteren Argentiniern, einer von denen, die es nicht mal mit sich selbst aushalten. Ist es nicht so?» Er lachte über seine eigene Fähigkeit zur psychonationalen Analyse und seinen Sinn für Humor. Inma kräuselte angewidert die Nasenspitze, und die Inhaberin kam an ihren Tisch; sie trug einen röhrenförmigen Rock aus glänzendem Stoff, der zu lang war, oder Beine, die zu kurz waren. Dafür schien die Trägerin im Gegenlicht einen riesigen Kopf und eine Menge Haar zu haben.

«Wir wär's, wenn du mir die Rechnung von neulich bezahlen würdest! Eigentlich ist es ja nicht nur die von neulich, es sind schon ziemlich viele.»

Santidrián schien so überrascht, der Adressat dieser offensichtlichen Attacke zu sein, daß er sich umsah. Als hätten die Worte einem anderen gegolten.

«Meinst du mich?»

«Wen denn sonst? Wir lassen hier anschreiben, aber nur bis zu einer bestimmten Grenze. Leo hat mir erzählt, daß er dich neulich schon darauf ansprach, und du sagtest: ‹Her mit der Rechnung!› – Und bis er sie geholt hatte, warst du verschwunden.»

«Aber wie kannst du jetzt mit solchem Kleinkram ankommen? Wir reden hier übers Geschäft, über Projekte, mit dem Herrn da, und du fängst mit deiner popligen Rechnung über ein paar tausend Peseten an!»

«Ganz genau vierundvierzigtausend.»

Santidrián warf sich in die Brust und richtete sich auf, angespannt wie ein bedrohliches Tier. «Hier in Madrid wird auf keinen mit dem Finger gezeigt, nur weil er jemandem lächerliche vierundvierzigtausend Peseten schuldet!»

«Entweder du zahlst, oder du fliegst raus!»

Inma war aufgestanden und ging zur Tür. «Du kannst dich auf den Kopf stellen, Alter, aber mich brauchst du nicht noch mal einzuladen!»

Carvalho folgte ihr und ließ Santidrián in einem Opernduett mit der Psychiaterin ohne Klienten allein, in einem dieser Opernduette, in dem Tenor und Sopran ihren Part aus verschiedenen Opern singen. Während ihres Rückzugs betrachtete Carvalho Inmas Hintern, als hätte er ihn gerade erst entdeckt, und war gespannt, wie ihr Gesicht im Licht der Neonreklame am Eingang aussehen würde. Sie war nicht häßlich. Etwas desillusioniert und weinerlich, mit zu kleinen Augen und herabhängenden Lidern, der große Mund lustlos, aber mit geschlossenen Augen konnte ihr Gesicht sogar schön sein. Außerdem besaß sie eine Taille und Schenkel, sie war eine Frau, und es hatte soeben zwei Uhr geschlagen. Als er gerade überlegte, ob er ihr sagen sollte: «Weißt du einen angenehmen Ort, wo wir diesen unangenehmen Abend beenden können?» oder lieber: «Schnell weg, bevor uns dieser Nervtöter nachkommt!», kam ihnen der Nervtöter mappeschwenkend aus dem Lokal nachgerannt. Er beruhigte sich sofort, als er sie sah.

«Ich dachte, Sie wären ohne die Mappe weggegangen. Macht euch keine Sorgen! Es ist alles geregelt. Die Psychiaterin hatte einen schlechten Tag heute. Sie hat es im Leben nicht leicht gehabt. Die Argentinier biegt kein Psychiater hin, und die Spanier wollen sich nicht hinbiegen lassen. Sie hätte nach Schweden auswandern sollen. Ich hab eine wunderbare Lösung, um alles wieder gutzumachen. Inma, kennst du das ‹A las Seis es la Cita›* ?»

«Mich lockst du nicht noch einmal in eine Falle!»

«Dort habe ich keine Probleme.»

«Ich geh nach Hause.»

«Dann trinken wir bei dir noch ein Glas, wie wär's? Das ist die Idee!»

Santidrián zwinkerte Carvalho zu, als Inma ein Taxi anhielt. Sie stieg ein, und die beiden Männer blieben wartend stehen. Weder fuhr das Auto los, noch gab sie ein Lebenszeichen. Endlich erschien ihr lustloses Gesicht im Seitenfenster und etwas wie ein Lächeln der offenen Tür zauberte auf das Gesicht einer lustlosen Repatriierten die fröhliche Miene einer Präsidentin am Sammeltisch des Roten Kreuzes. «Worauf wartet ihr? Wollt ihr mich etwa allein nach Hause fahren lassen?»

Kaum eingestiegen, legte Santidrián seinen Arm um Inmas Schulter und rieb eine Wange an ihrem Gesicht. «Ich wußte doch, daß meine Kleine uns nicht auf der Straße sitzenläßt!»

«Ich hab einen beschissenen Whisky und eine Scheißlaune.»

Seine Stimmung war umgeschlagen. Carvalho fand es schade um den Abend, und er sah eine dieser nächtlichen Sitzungen auf sich zukommen, die immer gleich ablaufen und von sektiererischen und dogmatischen Nachtschwärmern ins Unendliche ausgedehnt werden, ohne daß sie bemerken, daß jemand ihrer gastfreundlichen Gesellschaft entfliehen will. Er hatte wieder Santidriáns Mappe unterm Arm, und vor der Pupille seines inneren Auges stand die Erinnerung an Inmas Körper, wie er ihn gesehen oder sich vielleicht auch nur vorgestellt hatte. Das Ende von Santidriáns Arm, die Hand also, kniff in Inmas freie Wange. «Dieses Mädchen

* «Rendezvous um sechs»

hat viel Talent und wurde von Prado del Rey verschmäht. Sie schreibt wie eine Göttin. 1972 war sie in der Endausscheidung für den Sesam-Preis. Aber in Prado del Rey? Dort gibt's nur entweder – oder: Entweder du findest Gnade, wirst ein Star und kriegst Aufträge, mit denen du Prämien gewinnst und dir außerdem einen Namen machst, oder du stirbst vor Ekel auf der Gehaltsliste. Es ist wie die Gehaltsliste eines Friedhofs von Intelligenzen, und die Leute meinen, es sei Hollywood. Du sagst zu irgendeinem: ‹Ich arbeite beim Fernsehen›, und schon glotzen sie dich an, als wärst du der Vetter von Paul Newman. Sag, daß das stimmt, Kleine!»

«Es ist ein Moloch.» Dabei blickte sie zum Himmel und rief ihn zum Zeugen der Ausmaße des Molochs an.

«Warum war Araquistain früher jemand und heute immer noch? Haben Sie sich das mal gefragt, Carvalho?»

«Nein.»

«Weil er diese Radikalität besaß, die der Staatsmacht immer so gut in den Kram paßt, da sie weder Vor- noch Nachnamen besitzt. Es ist die Radikalität des Individuums, das sich nicht einschränken läßt. Jedes Regime braucht Rebellen auf seiner Gehaltsliste. Wir dagegen, die wir mit Aktion und Organisation gegen den Franquismus gekämpft haben, sind heute nur störend. Stimmt's nicht, Kleine?»

«Was weiß ich! In Wahrheit ist das alles beschissen, du bist beschissen, und dieser Typ aus Galicien ist auch beschissen.»

«Jetzt wird sie zickig.»

Santidrián beruhigte Carvalho. Das Taxi hielt in einer Straße, die Carvalho nicht kannte, vor einem Haus, das er ebensowenig kannte, und das alles in einer Stadt, die er fast gar nicht kannte. Er war also diesen genervten und nervtötenden Führern ausgeliefert und außerdem zornig auf sich selbst, weil er sich hatte einfangen lassen. Schuld war diese vage Einsamkeit, die einem neue, kaum bekannte Städte aufzwingen. Von dem Aufzug, der nach Eintopf aus der Mancha roch, oder wenigstens nach Tomatensoße, gingen sie zu einer riesigen Wohnung voller Poster für Spanien-Festivals, Bücher und Verkehrszeichen.

«Ihr Mann war in der Werbeabteilung des Ministeriums, und sie kriegt den Tick, Verkehrsschilder zu klauen, wenn sie high oder dun ist.»

Das Mädchen ließ sie in einem Wohnzimmer allein, wo an mehreren Stellen der Polsterung die Naht aufgeplatzt war und zwei von drei indirekten Lampen keine oder eine kaputte Birne hatten. Santidrián zwinkerte Carvalho zu. «Wir können sie zu zweit bumsen. Die steht auf scharfe Nummern.»

Sie kam mit einer großen Whiskyflasche und drei Gläsern zurück, die frisch abgewaschen waren und noch tropften. Sie blickte die Männer finster an. «Ihr guckt wie Vergewaltiger.»

«Aber, aber, Kleine! Wir sind bloß zwei Männer von dem Schlag, von dem es keine mehr gibt, nicht wie dein Mann, mit dem du eine Niete gezogen hast.»

«Was geht dich mein Mann an?» Der bloße Anblick von Santidrián schien den ganzen Abscheu in ihrem Gesicht zu konzentrieren. «An den kommst du nicht ran. Und dein galicischer Freund auch nicht.»

«Komm, werd bloß nicht patriotisch mit deinem Mann! Zeig meinem Freund hier deine rechte Brust. Wissen Sie, daß sie an der rechten Brust keine Warze hat?»

Carvalho blieb keine Zeit, befremdet zu sein. Die Frau hatte ihren Pullover hochgezogen und hielt ihn so, daß er ihr Gesicht bedeckte, während ihnen zwei feste und spitz zulaufende Brüste entgegenhüpften. Tatsächlich hatte eine der Brüste keine Warze, kaum den Schatten einer dunklen Spitze ohne Relief. «Zufrieden?» fragte sie aus dem Innern ihrer improvisierten Kapuze. Sie zog den Pulli wieder herunter und blieb erwartungsvoll stehen. Santidrián ging zu ihr, wurde aber durch den Umstand aufgehalten, daß ihm die Frau die Whiskyflasche zuwarf. «Da, nimm und schenk ein! Ich will mal sehen, ob ich in der Küche noch was zu essen finde. Mir knurrt der Magen.» Sie fuhr sich mit der Hand über den Bauch. Der Whisky war der Situation entsprechend. Er schmeckte wie marokkanischer Dattelschnaps. Santidrián hatte die Mappe wieder an sich genommen und aufgeschlagen und versuchte nun mit lauter Stimme, Abschnitte aus seinem Drehbuch vorzulesen. In dieser Situation kehrte sie aus der Küche mit einem Teller verhärmter Almagro-Auberginen in Essig zurück, wobei zweifelhaft war, wie lange die Auberginen bereits auf diesem Teller ruhten. Aber nicht sie waren es, die Carvalhos Neugier weckten, sondern der wütende und gequälte Blick, mit dem sie Santidrián bedachte. «Du hast zu deinem Freund gesagt, ihr würdet mich vögeln, stimmt's?»

«Ich rede nicht wie ein Lastwagenfahrer. Aber wo wir schon mal hier sind, könnten wir doch die Nacht nutzen!»

«Vergewaltiger!»

Beim erstenmal sagte sie es wie eine Feststellung, als bestätige sie im Geist eine Annahme. Aber sie sagte es immer weiter und immer lauter, bis Santidrián aufstand, um ihr den Mund zuzuhalten, und Carvalho, um zu gehen. Er schaute sich kaum um, um Santidrián mit gebissener Hand und sie mit geohrfeigtem Gesicht und mitten in einem kreischenden hysterischen Anfall zu sehen. Erst auf der Treppe fiel ihm ein, daß er den Ordner vergessen hatte. Aber er kehrte nicht um.

Es muß in Madrid auch jemanden geben, der schlief, aber Carvalho war das noch nie gelungen. Er erinnerte sich an jenes Ineinanderübergehen von Nacht und Tag, als er den Mord im Zentralkomitee untersucht hatte, und ließ sich nach der hysterischen Szene mit Inma und Santidrián von einem nach Tabak stinkenden Taxifahrer um sechs Uhr morgens in die Calle Arturo Soria fahren, wo Sánchez Bolín wohnte. Ein schäbiges kleines Hotel in einem Funktionalismus, der sich seiner selbst schämte, so gemäßigt, daß man von Prä- oder Postfunktionalismus sprechen konnte, dazu ein sich selbst überlassener Garten mit Bäumen und Blättern und kaum Konzessionen an die Überreste einer noch vorhandenen, mürrischen Gärtnerkunst. Im Haus brannte Licht, und aus dem Licht kam zuerst der Schatten von Sánchez Bolín, dann sein in einen zu engen Schlafrock gewickelter Körper. Er war seit dem Aufenthalt in der Kurklinik wieder dicker geworden, aber sein Charakter hatte sich nicht gebessert. Er ließ Carvalho ohne Präliminarien eintreten und bat ihn, durch den kleinen Flur voller Bücher ins Wohnzimmer zu gehen und dort auf ihn zu warten.

«Ich habe etwas auf dem Herd, das nicht warten kann.»

Carvalho gelangte in eine als Wohnzimmer getarnte Bibliothek. Die Bücher ließen kaum noch Platz für einen Kamin, in dem vom letzten Feuer noch halbverkohlte Reste lagen. Mappen und Manuskriptbögen, fertig oder in Arbeit, hatten sich der gepolsterten, samtbezogenen Sitzgruppe bemächtigt. Auf dem Couchtisch stand noch ein Tablett mit den Resten des Abendessens und einer fast leeren Flasche Cigales. Er hörte Sánchez Bolín in der Küche hantieren, der ein komplexes, von Trüffel- und Geflügelleberduft dominiertes Fluidum entströmte. Sánchez Bolín kochte um sechs Uhr morgens, ein eindeutiger Exzeß, sogar für Carvalho, der es als Unsitte betrachtete, das Kochen über drei Uhr hinaus auszudehnen. Nach drei Uhr morgens noch zu kochen war zu neurotisch, um schön, oder zu wissenschaftlich, um spontan zu sein.

«Kommen Sie her! Vertrödeln wir keine Zeit mit Förmlichkeiten. Ich kann das nicht allein lassen.»

Er folgte dem Ruf, ging wieder über den Flur und drang in die Küche ein, wo der Schriftsteller ganz allein eine Symphonie spielte, komplett instrumentiert mit Töpfen, Saucieren, Rührlöffeln, Ölen, Kräutern und Fleischwölfen.

«In diesem Monat muß es klappen. Ich arbeite an einem *oreiller de la belle Aurore,* was übersetzt ganz fatal klingt, *Kopfkissen der schönen Aurora.* Wie aus einem schlechten Porno von Pedro de Répide.»

Beim Sprechen konzentrierte er sich auf die Tätigkeit seiner Hände, ohne Carvalho anzusehen.

«Ich werde alt und habe noch zwei Prüfungsfächer offen: den Yorkshire-Pudding und das *oreiller de la belle Aurore.* Wer diese beiden Gerichte beherrscht, kann wirklich kochen. Alles andere ist Großmutters Küche und Reissalat, miserabel.»

Der Schriftsteller trug seine tagealten Bartstoppeln mit ebensolcher Würde, wie es Dr. Jekyll nach tagelanger Suche nach einer Formel getan hätte, die verhinderte, daß er sich noch einmal in Mr. Hyde verwandelte. Bartstoppeln und ungekämmtes Haar, aber frisch geduscht.

«Wenn man kocht, muß man häufig duschen, sonst vermischen sich die Gerüche in einem selbst. Aber keine Seife! Seife zerstört den Geruchssinn. Ganz zu schweigen von diesen gallertartigen farbigen Shampoos, die in Mode sind. Einmal damit gebadet oder geduscht, und man kann nicht mal mehr ein Bocadillo mit harten Eiern von einem gefüllten Fasan unterscheiden.»

Der Blätterteig wartete in der Backform auf seine fleischigen Innereien.

«Ich mache es zum siebentenmal in diesem Monat. Hinterher koste ich kaum davon. Die drei ersten schickte ich durch einen dieser Motorradkuriere verschiedenen Kritikern von der Sorte, die weder zu essen noch zu lesen versteht. Dann dachte ich schon, es sei alles umsonst. Jeder Mast muß sein Segel aushalten. Wissen Sie, was man braucht, um ein gutes *oreiller* hinzukriegen? Kalb, Rebhühner, ein Hasenrücken, mageres Schweinefleisch, roher Schinken, gekochter Schinken, Hühnerleber, Rindermark, Weißweinessig, Olivenöl, Zwiebeln, Thymian, Champignons, Trüffel, Eier, Semmelbrösel, Pistazien, Sülze aus den Rebhuhnknochen und dem Hasenrücken, Butter und zu guter Letzt Blätterteig, versteht sich. Das Schönste ist das Anschneiden. Dabei kommen die Schichten von Hackfleisch und die mit ganzen Fleischstücken zum Vorschein. Wie eine geologische Symphonie. Außerdem ist es ein Gericht für Verrückte, das sich ein Verrückter ausgedacht hat. Es wird Brillat Savarin zugeschrieben, einem trockenen Gastrosophen des 19. Jahrhunderts, der dieses Gericht für seine Mutter kreierte. Man sollte diese Aurora kennen. Sie muß genauso unerträglich gewesen sein wie ihr Sohn. Das 19. Jahrhundert wimmelt ja von Söhnen und eigenartigen Müttern. Denken Sie bloß an Baudelaire und seine Mutter, Brillat Savarin und seine Mutter, Alexandre Dumas *fils* und seinen Vater. Sie waren allesamt verrückt. Die Kochkunst ist ein heuchlerisches Mäntelchen des Kannibalismus. Die Angelsachsen, die die größten Kannibalen der Welt sind, essen Fleisch fast roh.»

Sánchez Bolín schichtete das Fleisch in den Blätterteigsarg, und als er fertig war, breitete er obendrauf eine erneute Blätterteigschicht als Deckel. Er schwelgte in einer wahren handwerklichen Filigrankunst, um die Teigränder zu verbinden. Dann bohrte er Löcher in die Oberfläche und steckte Schlote aus gefettetem Papier hinein. Schließlich bestrich er die Oberfläche mit geschlagenem Ei und schob den Katafalk in den Backofen.

«Von jetzt an ist es Sache des Feuers und der Hitze. Wie der Töpfer, der ein Gefäß in den Brennofen schiebt. Für das Ergebnis sind niedere Götter zuständig, die ich nicht kenne. Sie sind hier drin.» Er deutete auf den geschlossenen Backofen. Plötzlich wirkte er erschöpft, fast ausgebrannt. «Ich arbeite seit Mitternacht an dieser Sache. Gehen wir ins Wohnzimmer! Das hier muß zwei Stunden im Ofen bleiben und morgen kalt gegessen werden. In welchem Hotel wohnen Sie?»

«Im ‹Palace›.»

«Ich lasse es Ihnen bringen.»

Er ging vor ihm her zur Küche hinaus und ins Wohnzimmer, wo er sich auf das Sofa fallen ließ, ohne auf die Schicht beschriebenen Papiers zu achten, auf denen seine machtvolle Menschlichkeit landete. «Manchmal setze ich mich auf die Romane, an denen ich gerade schreibe, wie sich die Tartaren auf das rohe Fleisch setzten, das sie dann aßen. Der Ursprung von Beefsteak Tartar. Eine edle Herkunft, nicht so offensichtlich inzestuös wie die des *oreiller.*» Er hatte nun die Lust verloren, über das Kochen zu reden, und ganz greifbar auch die, überhaupt zu reden, denn sein Kopf sank immer wieder auf die Brust.

«Ich komme wegen der Geschichte mit Araquistain.»

«Ja, natürlich. In der Nacht, als er umgebracht wurde, war ich an meinem zweiten *oreiller.* Ich versuchte, die Polizei davon zu überzeugen, aber es war, als hörten sie dem Regen zu. Das Schlimmste an der spanischen Polizei ist, daß sie sich von Thunfischbrötchen und russischen Eiern ernährt. Sie wollten mir die Tat anhängen, weil sie meinen, ich sei frustriert und erbittert über das Verbrechen, das Araquistain an meinen Büchern beging. Sie machen einem immer kaputt, was man schreibt. Schreiben ist wie Teller fürs Tellerschießen herstellen oder Tauben fürs Taubenschießen züchten. Ich gehe nicht herum und bringe schwachsinnige Kritiker oder Lektoren um.»

«Hatten Sie Grund, verärgert zu sein?»

«Alle und keinen. Das, was Araquistain zu Bildern machte, hatte praktisch nichts mit dem zu tun, was ich geschrieben hatte. Ihn interessierte nur mein persönliches Renommee. Dann tat er das dazu, von dem er besessen war, und er muß es zu einer Zeit getan haben, als er mit Obsessionen sehr schlecht dran war. Es gibt Zeiten mit ausgezeichneten Obsessionen und andere mit mittelmäßigen. Ich erwischte ihn in einer Zeit, in der er von schnellem und öffentlichem Sex besessen war. Noch nie hat man in der Geschichte der weltweiten audiovisuellen Kultur mehr Titten aus weniger Anlaß gesehen als in der mir gewidmeten Serie von Araquistain. Kennen Sie den Helden meiner Romane?»

«Ich habe nichts mehr gelesen seit der Niederlage von Dien Bien Phu.»

«Ich sehe keinen Kausalnexus, aber den sehe ich sowieso fast nie. Dieser Grund ist genausogut wie jeder andere. Besitzen Sie keine Bücher?»

«Doch, ich habe immer noch ein paar Tausend davon, aber zum Verbrennen oder um den Kamin anzuzünden.»

Sánchez Bolín war wieder zum Leben erwacht und betrachtete ihn mit mehr Interesse. «Das ist etwas für Faschisten. Ich verleihe einigen Büchern die Funktion von Toilettenpapier. So habe ich beispielsweise gerade das Buch *Der jüdische Junge* von Leonardo Mazacot auf dem Klo liegen. Das Papier des Buches ist ebenso saugfähig wie die Prosa seines Autors, die so saugfähig ist, daß man davon den grünen Star bekommt. Man kann dabei vom Lesen erblinden. Verbrennen Sie auch Bücher, wenn Sie auf Reisen sind?»

«Ich tue mein Bestes.»

«Nehmen Sie einen tragbaren Ofen mit?»

«Nein. Ich richte mich nach den Umständen und der krematorischen Infrastruktur, die mir zur Verfügung steht.»

«Hier ist ein Kamin. Suchen Sie sich ein Buch aus und verbrennen Sie es!»

«Beraten Sie mich!»

«Nach Preis, Einband, Verlag oder Inhalt?»

«Ich lasse mich gewöhnlich von der Erinnerung leiten. Meine Bildung ist meine Erinnerung.»

«Scheiße. Sie reden wie ein Poet aus der Generation der fünfziger Jahre. Nehmen Sie das Buch dort, das graue! Es sind die gesammelten Gedichte von Jaime Gil de Biedma. Keine Bange, ich besitze noch ein Exemplar. Haben Sie Jaime Gil de Biedma gelesen?»

«Das gestehe ich nur in Gegenwart meines Anwalts.»

Er verbrannte das Buch von Jaime Gil de Biedma unter den aufmerksamen Blicken von Sánchez Bolín im Kamin. Die Lippen des Schriftstellers murmelten: «*Nada hay tan triste como una habitación para dos, cuando ya no nos queremos demasiado...** Zwei schöne Verse der Nichtliebe von einem der besten Liebesdichter unserer Zeit. Aber sie brennen gut. Das muß man zugeben, sie brennen gut. Wenn Sie ein Bücherpyromane sind, werden Sie be-

* Nichts ist so traurig wie ein Zimmer für zwei, wenn wir uns nicht mehr allzusehr lieben...

merkt haben, daß Gedichtbände besser brennen als Prosa. Der weiß gebliebene Raum fördert die Verbrennung. Kennen Sie Andersens Märchen vom Flachs, die Geschichte einer Flachspflanze, die am Ende als Buch verbrannt wird? Wenige Bücher entgehen dem Scheiterhaufen. Das weiß ich, und weil ich es weiß, werde ich nicht hingehen und so ungeduldige Pyromanen wie Araquistain umbringen. Aber denken Sie daran, was ich Ihnen sage! Der Schlüssel zu diesem Mord liegt in den Werken dieses Dummkopfs. Sie sollten die Geduld aufbringen, sich in einen Projektionsraum zu setzen und seine ganzen Filme anzusehen. Es gibt ausgezeichnete Sachen dabei, das garantiere ich Ihnen. Er hatte das Metier und seine Obsessionen, das heißt, praktisch alles, was man braucht, um schöpferisch zu sein. Was ihm fehlte, war der Sinn für Nuancen und den *faits divers*. Er war ein Bodybuilder des Bildes, und alles, was nicht Muskeln und Fleisch war, interessierte ihn nicht. Was ich geschrieben habe, sind Hauptgerichte oder Vorspeisen, Señor Carvalho, voller Amüsement und unedlem Material. Ich hasse Rindersteak. Mir geht nichts über einen Stockfischreis, mit wenig Stockfisch, viel Mangold, ein paar Bohnen und einer gehackten Peperoni in der Tomatensoße. Wenn man dieses Rezept einem Araquistain gab, machte er einen *bacalao à la vizcaína** daraus. Jetzt bin ich zu *oreiller* und Yorkshire-Pudding übergegangen, ein vorbereitendes Training, um einen neuen *Ulysses* zu schreiben, bevor ich gaga werde. *Ulysses* war ein Exzeß. Er war nur dafür gut, den Lebensunterhalt von vierhundert Joyce-Spezialisten zu sichern, die auch noch die Beziehung zwischen allen irischen Biermarken und der Farbe der Pisse untersuchen, die sie erzeugen.»

«Um auf Araquistain zurückzukommen...»

«Ich rede die ganze Zeit von ihm. Wenn ich interessiert wäre, wer der Mörder ist, würde ich ihn finden. Aber das hat mich noch nie interessiert. Der Leser muß es erfahren, aber ich bin nie besonders daran interessiert. Nicht mal, daß die Polizei davon erfährt. Die Polizei sollte dafür dasein, Morde zu verhindern, nicht, um Mörder im Affekt zu finden.»

«In diesem Fall war es Mord im Affekt.»

«Kein Zweifel. Und er steht in enger Verbindung zu dem Me-

* Stockfisch mit Zwiebelpüree

dium. Er wurde nicht in dem blöden Sägewerk umgebracht, wo er hinfuhr, um Baumstämme durchzuhacken, auch nicht beim Verlassen seines Hauses oder auf einem dieser Pelotaplätze, die er so liebte. Er wurde von einer Kulisse erschlagen, die er verwenden wollte. Behalten Sie dieses Detail im Auge, und Ihre Nachforschungen werden leicht sein.»

Als Sánchez Bolín eingeschlafen war, überlegte Carvalho, ob er auch einschlafen oder sein Hotel aufsuchen sollte, um in die Geborgenheit der Laken zu kriechen. Der Gedanke wurde zur fixen Idee, und er eilte schnell aus dem kleinen Hotel des Schriftstellers.

Carvalho mußte fünf oder sechs Häuserblocks weit gehen, bevor er ein Taxi fand, in dem er mehrmals einnickte; das letzte Mal fiel zusammen mit dem Quietschen der Bremsen vor dem «Palace». Später erinnerte er sich, daß er gezahlt hatte, ohne zu wissen, was er da bezahlte, und halb blind zur Rezeption getaumelt war; dort aber hatten ihm zwei verschwommene menschliche Gestalten die Augen geöffnet, ihm etwas Überzeugendes gezeigt, möglicherweise ihre Polizeimarke, und ihn gebeten, sie zur *Generaldirektion* zu begleiten.

«Generaldirektion von was?»

Vielleicht wurde es ihm gesagt; es war auf alle Fälle ein Gebäude voll schlechtgelaunter Polizisten; auf dem Boden der Verfassung, sicher, aber schlecht gelaunt. «Nach Ihnen hatte ich solche Sehnsucht!»

«Schon länger oder war es spontanes Interesse?»

Das Interesse war auf jeden Fall dringlich, denn der langschädlige Mensch mit Brillengläsern eines akuten Falles von Kurzsichtigkeit hielt ihm ein Foto unter die Nase, auf dem er unverzüglich David Santidrián erkannte. Er war ein paar Jahre jünger, und sein Gesicht sah aus, als sei es im selben Gebäude aufgenommen worden, nach langen Stunden zwischen Wachen und Schlafen. Es war ein Foto für die Kartei. Von vorn und im Profil.

«Kennen Sie ihn?»

«Wieso, muß ich?»

«Machen Sie's mir nicht noch schwerer!»

Er ersetzte das Foto durch ein anderes, das noch heiß war. Aber es war wohl nur die Form, die heiß war. Der Inhalt war kalt. David Santidriáns Mund stand offen, und die Augen blickten gläsern. Er war so gewöhnlich tot wie jede Gestalt aus den Filmen, die er nie gemacht hatte.

«Kennen Sie ihn jetzt?»

Er mußte erzählen, wie ihn Santidrián in Prado del Rey angesprochen hatte, von seiner merkwürdigen Manie, daß er mit Leuten reden sollte, die «an der Basis» arbeiteten, von der vergessenen Mappe, der *via crucis* durch die scheinbaren Amüsierlokale und wie er ihn zu fortgeschrittener Morgenstunde verlassen hatte.

«Wo haben Sie ihn verlassen?»

«Wo haben Sie ihn gefunden?»

«Sie sind Berufsgalicier, aber ich auch.»

«Das mußte mir eines Tages passieren.»

«Halten Sie keine Informationen zurück, die wir früher oder später sowieso bekommen.»

«Wir gingen in die Wohnung einer lustigen Geschiedenen, und er blieb da und trank marokkanischen Whisky.»

«Name der Geschiedenen.»

Das war zuviel. Die wurden aus dem Staatssäckel dafür bezahlt, die Namen aller gefährlichen Geschiedenen auswendig zu wissen. Er zuckte die Achseln. «Es ist nicht immer wichtig, von einer guten Figur auch den Namen zu kennen.»

«Verstehe. Aber Sie werden doch wenigstens wissen, wo die Wohnung der lustigen Geschiedenen ist?»

«Ich kenne mich in Madrid nicht aus und ließ mich einfach mitnehmen.»

«Aber Sie gingen auch wieder, und zwar auf eine Straße hinaus, oder? Oder wohnt diese Geschiedene auf einer Brücke?»

«Ich nahm sofort ein Taxi.»

«Und Sie fuhren zum Hotel.»

«Nein. Ich besuchte meinen Lieblingsschriftsteller.»

«Sagen Sie, wie er heißt, mal sehen, ob wir denselben mögen.»

«Sánchez Bolín.»

«Der fehlte gerade noch.»

Dem kurzsichtigen Inspektor schien irgendeine vergangene Begegnung mit Sánchez Bolín nicht gefallen zu haben.

«Sie unterhielten sich über Literatur, nehme ich an.»

«Oder über Gastronomie und Kochkunst. Sánchez Bolín ist es egal, ob über das eine oder das andere.»

Seltsamer Zufall, dachte Carvalho hinterher, als die Zuspitzung der Ereignisse vorbei war, die in dem Moment begann, als ein junger Polizist zur Tür hereinschaute und den Inspektor um ein Gespräch unter vier Augen bat. Sie sprachen über ihn, das wußte er intuitiv, denn sie schauten ihn kein einziges Mal an und hatten dieselbe Rigidität in der Kehle wie in der Haltung. Sein Befrager kehrte in die Ausgangsposition zurück und blieb schweigend sitzen, bis der andere mit einem Paket zurückkehrte, das in ein Papier von Loewe eingewickelt und mit einem blauen Atlasband verschnürt war. «Wissen Sie, was das ist?»

Nein, das wußte er nicht, gab aber keine Antwort, um Zeit zu gewinnen und zu veranlassen, daß sich die Lippen des Inspektors wieder bewegten.

«Das wurde Ihnen ins Hotel geschickt, nachdem Sie dort von meinen Kollegen abgeholt worden waren. Habt ihr es durch den Detektor geschickt?»

Die Frage galt dem anderen, der, den ganzen Körper auf eine einzige Schulter stützend, an der Wand lehnte. Er bejahte mit dem Kopf.

«Was dagegen, wenn wir es öffnen?»

Tatsächlich hatte er nichts dagegen, und sie öffneten es vorsichtig, um nicht einmal das Loewe-Papier zu beschädigen. Es enthielt eine große Schachtel, wie für die Schuhe eines Riesen, und beim Öffnen rümpfte der Inspektor die Nase, bevor er der Schachtel einen Stoß gab, damit Carvalho den Inhalt identifiziere. Er konnte ein Grinsen nicht unterdrücken und ließ sich erleichtert und erfreut auf den Stuhl fallen.

«Was ist das? Ein Scherz?»

«Ich würde sagen, es ist eher ein *oreiller de la belle Aurore*.»

«Dieser Hurensohn! Schon wieder dieser Brei!»

Alles, was bei dem Kurzsichtigen Empörung war, wurde bei dem andern zu einem Lachanfall. Carvalho dachte, der Ernste müsse zur alten Generation gehören und der Lacher sei vielleicht Mitglied einer demokratischen Polizeigewerkschaft, aber der Schein trog vielleicht. Der das Verhör führte, verschwendete jedoch kaum einen Gedanken an Sánchez Bolíns Mixturen, denn er nahm Carvalho unversehens auf die Hörner und schleuderte ihm entgegen: «Wo ist die Mappe?»

«Was für eine Mappe?»

«David Santidrián übergab Ihnen eine Mappe. Besser gesagt, er wollte es tun. Als Sie ihn in der Wohnung von Inmaculada Cuadrado Sancisibar verlassen hatten, lief er Ihnen nach, weil Sie die Mappe liegengelassen hatten. Ich wiederhole, Inmaculada Cuadrado Sancisibar, vom technischen Personal von Prado del Rey, genauer gesagt, Hilfskraft bei Producciones Especiales. Als Señor Santidrián nach einiger Zeit nicht zurückgekehrt war, ging Inmaculada Cuadrado ihrer Aussage zufolge nach unten, um die Eingangstür zu öffnen, denn ihr automatischer Türöffner funktionierte nicht, und sie fand ihn auf dem Gehweg mit zerschmettertem Schädel und ohne die Mappe.»

«Suchen Sie einen schlafenden Taxifahrer, der dort heute früh um halb sechs vorbeikam, dann habe ich mein Alibi. Ich nahm das Taxi und hatte weder den Eindruck, daß mir Señor Santidrián folgte, noch hörte ich ihn nach mir rufen.»

«Er wurde umgelegt, als er kaum einen Fuß aus dem Haus gesetzt hatte. Man hatte ihm aufgelauert. Hören Sie, Carvalho, Sie stecken die Nase in Dinge, die Sie nichts angehen. Sie sind nicht befugt, Kapitalverbrechen aufzuklären, es sei denn mit Sondererlaubnis, und es war Amtsmißbrauch von Señor Vilariño, sie anzuheuern. Halten Sie sich zu unserer Verfügung und versuchen Sie nicht, auf eigene Faust mitzumischen. Der Fall Araquistain kompliziert sich.»

«Was hat der Fall Araquistain mit dem Mord an Santidrián zu tun?»

Die beiden Polizisten tauschten, kaum wahrnehmbar, einen Blick und begegneten ihm mit komplizenhaftem Schweigen, während der Leiter der Ermittlungen auf die Tür wies. Sie hatten ihm den Schlaf kaputtgemacht, aber ihm war nach Schlaf, ein kulturell erworbener Schlaf, die Nostalgie des Schlafs, auf den er verzichten mußte, als er sah, daß Cifuentes in der Eingangshalle auf ihn wartete. «Vilariño hat Himmel und Hölle in Bewegung gesetzt, um Sie rauszuholen. Es gefiel mir gleich nicht, als ich Sie mit Santidrián weggehen sah – er ruhe in Frieden. Er ist ein Intrigant, vielmehr er war es.»

«Welche Beziehung kann es zwischen ihm und Araquistain gegeben haben?»

«Sie haben einmal zusammen gearbeitet, Santidrián in untergeordneter Funktion. Dann gab es einen Wortwechsel, als Araquistain die Geschichte von Sánchez Bolín zugeteilt wurde. Santidrián hatte sich sehr ins Zeug gelegt, um die Regie zu bekommen, selbst Sánchez Bolín hatte sich für ihn eingesetzt, denn sie waren früher Genossen oder so was. Bei Santidrián war alles Intrige. Er war ein Intrigant. Er scheute sich nicht, seine eigene Version von Sánchez Bolíns Geschichten zu präsentieren, damit er die Regie der Serie bekam, aber man traute seinen Fähigkeiten nicht. Wenn man fünfzig ist und einem keiner die eigenen Fähigkeiten abnimmt, hört man besser auf zu behaupten, daß man welche hat.»

«Das ist eine Theorie. Wurde Santidrián aufgrund des Mordes an Araquistain vernommen?»

«Nein. Dabei war er bei den Dreharbeiten ganz in der Nähe. Er war so hartnäckig, daß Araquistain nachgab, um Schwierigkeiten zu vermeiden. Sie sprachen kein Wort miteinander, aber er assistierte bei den Dreharbeiten. Was haben Sie jetzt vor?»

«Schlafen und mir alles ansehen, was Araquistain gedreht hat.»

«Alles? Das reicht für zwei Tage, ohne ein Auge zuzumachen.»

Während er mit einem Dienstwagen der TVE zum Hotel gebracht wurde, überflog Carvalho die Titelseite der noch dampfenden *El País*. In einem Kasten, den das Kondottierehaupt Vilariños krönte, wurde über seine bevorstehende Entlassung spekuliert.

«Soll Vilariño entlassen werden?»

«Man hat schon Ungewöhnlicheres erlebt.»

«Warum?»

«Ich will Ihnen mit einem Satz von Vilariño selbst antworten.»

Es dauerte, bis der Satz kam. Cifuentes schluckte, von Gefühlen überwältigt, und sagte schließlich mit zitternder Stimme: «Rom bezahlt nicht für Treue.»

Er legte sich aufs Bett. Seine Augen brannten, standen aber so weit offen, daß man meinen konnte, sie bekräftigten ihre Absicht, sich nicht zu schließen, bis ihn plötzlich ein öliger Schlaf überkam, der sich wie eine glitschige Flüssigkeit unaufhaltsam in seinem Körper ausbreitete, langsam, Winkel für Winkel, bis er das Gehirn erreichte und es mit seiner Wärme blockierte. Ein hartnäckiges Telefon weckte ihn auf, und er stellte fest, daß sein Kinn von Speichel triefte und seinen Augen eine Dunkelheit wohltat, die er für die Abenddämmerung hielt. Aber sie war es nicht. Sowohl die Stimme von Cifuentes am andern Ende der Leitung als auch die Uhr bestätigten ihm, daß er knapp eine Stunde geschlafen hatte und das Halbdunkel den angelehnten Fensterläden zu verdanken war.

«Verzeihen Sie, daß ich Sie wecke, aber die Ereignisse spitzen sich zu, und es wäre dringend erforderlich, daß Sie die Filme von Araquistain *visualisieren.*»

«Irgendein Staatsstreich?»

«Wieso ein Staatsstreich?»

«Madrid ist doch bekannt...»

«Nein. Aber Vilariños Sessel wankt, und Ihr Auftrag ist eine ganz persönliche Entscheidung des Generaldirektors.»

«Aber wer bezahlt, die *Ente Autonómica de Radio y Televisión Española* oder Señor Wenceslao Vilariño persönlich?»

«Die *Ente,* aber nur nach Ermessen, während es ganz anders aussieht, wenn sich Vilariño einschaltet.»

«Sie haben mich überzeugt.»

Schlafen ist eher qualitativ als quantitativ, sagte er sich in einem Versuch, jenen in seinem Gehirn verborgenen Jemand zu überzeugen, der den Schlaf verwaltet. Die Dusche tat ein übriges, und beim Rasieren lichtete sich der Nebel der Schläfrigkeit. Der Dienstwagen von TVE und Cifuentes erwarteten ihn vor dem Hotel.

«Wir werden das Material in einem Madrider Studio *visualisieren.* Es geht dort billiger und schneller als in den Einrichtungen der TVE. Bis man dort einen Raum gefunden hat und Leute, die Überstunden machen – und dann findet man nicht gleich das Richtige, und es hagelt Beschwerden wegen Verstoßes gegen die Betriebsverfassung. Prado del Rey steht in Unterhosen da. Völlig abgewirtschaftet.»

«Wird die Entlassung Vilariños bestätigt?»

«Kommt aufs Kopfkissen des Regierungschefs an.»

«Wenn er so wenig geschlafen hat wie ich, kann er sich als entlassen betrachten.»

Sie wirkten wie ein Kommandotrupp mit festem Ziel und begrenzter Zeit, und mit diesem Verhalten drangen sie in das Studio ein. Carvalho verlangte zunächst die Serie von Cartagena Sánchez und verschrieb sich die von Federico Luceros und Sánchez Bolín für den Rest des Tages. Vierzehn Stunden ohne Pause, verkündete Cifuentes mit einem Gesicht, so lang und lustlos wie ein leerer Sack.

«Ich will eine Essenspause.»

«Die sollen uns irgendwas hierherbringen.»

«Irgendwas kommt nicht in Frage. Welches ist das beste Restaurant hier in der Nähe?»

«Das ‹Jockey›.»

«Dann sollen sie die Karte des ‹Jockey› bringen, und ich bestelle *à la carte*. Ich werde es hier essen, aber *à la carte*.»

«Ihr Wunsch ist mir Befehl», murmelte Cifuentes, dessen gastronomisches Universum dieser Lüstling des Gaumens aus den Angeln hob. Er war auch nicht eben einverstanden mit dieser pausenlosen Kinovorstellung. Bilder töten nicht, dachte er, sagte aber Carvalho kein Wort davon. Im Gegenteil, er nahm einen Block zur Hand, um im Schein einer Kugelschreiber-Taschenlampe Notizen zu machen. Während der drei Stunden der Geschichte von den Sirenen und den Haien, die drei Kapiteln entsprachen, versuchte Carvalho, die Diagnose von Sánchez Bolín zu überprüfen, aber seine Rechnung ging nicht auf. Mehr als unbegabt für Nebenhandlungen, schienen ihm die Filme von Araquistain eine einzige Nebenhandlung, ein Herumschnobern um eine vorgeschobene Idee, die letzten Endes das einzige war, was man nicht zu ersetzen gewagt hatte, aber die Lust dazu war spürbar. Das heißt, es wirkte für ihn, als habe Araquistain alles verachtet, was nicht auf seinem eigenen Mist gewachsen war, und im Grunde gedacht, es wäre, wenn es seine eigene Idee gewesen wäre, viel besser ausgefallen.

«Gab es im Verlauf der Dreharbeiten irgendwelche besonderen Vorkommnisse?»

«Eine der Sirenen drehte mal durch. Sie waren stundenlang im Wasser. Dann stellte sich heraus, daß eine beim Drehen schwanger war, aber man merkte es ihr kaum an, und Arturo tilgte beim Schneiden die kompromittierendsten Einstellungen.»

«Schwanger von wem?»

«Von ihrem Mann. Es steckt nichts dahinter. Später verließ

dieses Mädchen das Kino, glaube ich, und besitzt jetzt eine Boutique in Puerto Banús.»

Bei dem soeben Gesehenen hatte Araquistains Blick anfangs verliebt in Sirenenkörpern geschwelgt, aber schließlich den vielen Frischfisch satt gehabt. Bevor er sich an die Fabel des kryptobaskischen Picadors machte, kam ein Kellner des «Jockey», und nach gründlichem Kartenstudium bestellte Carvalho Lauchpastete und Brioche mit Gänseleber und Rindermark, einen roten zweiundachtziger Valbuena, Himbeertorte, ein Glas Fine de Bourgogne zum Kaffee und eine Lusitania Pertegaz, die er zu Ehren von Federico Luceros rauchen wollte. Als die Bestellung vom «Jockey» geliefert wurde, war gerade das erste Kapitel des *Picador de sombras* (Picador der Schatten) zur Hälfte vorbei. Laut Cifuentes hatte Araquistain bei dieser Serie eine harte Anstrengung unternommen, die literarischen Metaphern in filmische Metaphern umzusetzen.

«Andernfalls hätte er sprechende Brüste auftreten lassen müssen, um dieses Geblubber an den Mann zu bringen. Luceros schreibt eigentlich in Versen.»

Cifuentes mißfiel es, daß Leute in Versen schrieben, vielleicht mißfiel es ihm sogar, daß Leute überhaupt schrieben. Das erste Kapitel wirkte wie eine Sittenkomödie im Stil Berlangas mit einem andalusischen Picador, der baskische Ambitionen hat. Die Gestalt wurde Schritt für Schritt verrückt und nahm den Charakter eines Terroristen an, der die *fiesta* liebt und haßt, in Volkstanzdress auf einem Ackergaul sitzt und schließlich beschließt, tötend zu sterben, indem er den Stier grundlos erwürgt.

«Er war verrückt.»

«Araquistain? Er sagte, er werde einen Festivalfilm machen, aber auf seine Art. Bei Festivals kommt die spanische Sache gut an, aber er bereicherte sie um diese ganze baskische Symbolik. Er nannte es eine Metapher über die Haßliebe zwischen Baskenland und Spanien.»

«Irgendwas Besonderes während der Dreharbeiten?»

«Nein. Erst später. Luceros war fürchterlich beleidigt, aber mit dem ihm eigenen Stil. Er hat in jeder Situation einen brillanten Satz parat, und in diesem Fall prägte er gleich mehrere. Man habe aus seinem *Picador der Schatten* einen *Picador mit einem Schaden* gemacht... Das sei weder ein Film noch sonst etwas, sondern *ein Baskenstreich*... und der Unterschied zwischen Araquistain und dem Würger von Boston bestehe darin, daß der Würger von Boston *aus Liebe zur Kunst* gehandelt habe.»

Carvalho widmete sich zwischen dem zweiten und dritten Kapitel dem Menü, während Cifuentes in die nächstgelegene Cafeteria ging, um sein geliebtes *irgendwas* zu verzehren. Danach schaute er sich den Stierkampf zu Ende an und würdigte die Brüste, die Araquistain unter dem Vorwand ausgesucht hatte, daß sich die Frauen in den ersten Reihen angesichts des Todes von Stier und Picador ausziehen sollten.

«Er war ein großer Busenkenner.»

«Er war besessen davon. Aber es war nur Donner ohne Blitz. Wenn er sehr geladen war, fuhr er, wie er sagte, nach Cercedilla, um Baumstämme durchzuhacken. Und nie hackte er so viele Baumstämme wie damals, als er die Serie von Sánchez Bolín drehte. Acht Kapitel. Er muß ganz Navacerrada abgeholzt haben.»

Carvalhos Augen schmerzten, aber der Fine de Bourgogne war ein außergewöhnliches *eau de vie*, der besten Cognacs und Armagnacs würdig, die er im Lauf seines Lebens gekostet hatte.

«Sánchez Bolín ab!»

«Sie wollten es ja nicht anders.»

Cifuentes entfuhr ein Lachen unter der Nase. Im ersten Fernsehfilm ging es angeblich um die Ermordung eines Go-go-Girls, aber die ganze Handlung, die ganze Entwicklung schien nur ein Vorwand, damit sich der Detektiv als Frau verkleiden konnte, und es endete damit, daß er sich in einen sehr hübschen Transvestiten verliebte. In dem Moment, als er den Betrug entdeckte, prügelte der Detektiv den Weib-Mann gnadenlos durch.

«Spanisch-französische Koproduktion.»

«Wurde nach diesem Film nicht die Pyrenäengrenze geschlossen?»

«Bei der französischen Kritik kam er besser weg als bei der spanischen.»

«Was hat er mit den Texten von Sánchez Bolín zu tun?»

«Fast gar nichts. Da wird eben ein Go-go-Girl umgebracht. Das ist alles.»

Ebensowenig Bezug zwischen der ursprünglichen Idee und Araquistains Version gab es im zweiten, dritten und vierten Kapitel, einer absurden, ideenüberfrachteten Geschichte, in der die Gestalten die ganze Vorstellung damit zubrachten, Scheiße, Nutte, Hoden, Fotze, objektive Bedingungen, Klassenkampf und andere marxistische Vereinfachungen herzusagen, aber mit plattem Witz, mit negativer nostalgischer Hinterhältigkeit. Carvalho war überhaupt nicht beeindruckt. Es schien eine lustlos gemachte Arbeit, mit dem einzigen Ziel, eine schöne filmische Handschrift, ausgezeichnete Außenaufnahmen und das viele Geld zu rechtfertigen, das bei der Produktion verbraucht worden war. Sánchez Bolín hatte recht gehabt. Sein Antiheld war Film für Film mit freigelassenem Penis zu sehen, und alle Mädchen rissen sich darum, ihn im Kleinwagen zu vergewaltigen.

«Gibt es Ähnlichkeiten mit dem Original?»

«Das Übliche bei einem talentierten Regisseur. Keine oder fast keine.»

«Gehören Sie zu denen, die an Araquistains Begabung glaubten?»

«Araquistain war ein Kino-Tier. Das riecht und sieht man nach fünf Minuten, wenn man sieht, wie sich ein Regisseur auf der Filmbühne oder wo auch immer bewegt. Aber es kann sein, daß er während der Dreharbeiten zu diesen Filmen etwas zerstreut war. Er wollte es so schnell wie möglich hinter sich bringen und machte sich Sorgen um einen möglichen Vertrag mit den Vereinigten Staaten. Außerdem hatte er damals viele Aufregungen. Ich würde sagen, er drehte wegen einem der Mädchen durch, die in der Serie vorkamen. Vor allem wegen der, die wir jetzt sehen werden.»

«Durchdrehen? War er nicht ein ausgeglichener Mensch von untadeligem Privatleben?»

«Das war ja das Übel. Alles war nur Theaterdonner. Die richtigen Blitze ließ er in Cercedilla in die Baumstämme einschlagen.»

Der Fernsehfilm begann. Eine Gangsterhochzeit. Ein mürrisches Mädchen von primitiver Schönheit, das einen reichen Gangster heiratet. In dieser Situation kommt einer ihrer früheren Verehrer auf die Hochzeit, und es kommt zu einem unklaren Mord an dem Bräutigam. Was nach Tragödie aussah, wird nun zur Farce, denn die Jungvermählte flieht mit dem vermutlichen

Mörder. Es begann in der Art Federico García Lorcas und endete wie eine amerikanische Komödie, gespielt von den schlimmsten Feinden von Cary Grant und Katharine Hepburn, unter der Regie des schlimmsten Freundes von Lubitsch. Was Carvalho faszinierte, war, daß Araquistain mit dem Kunstgriff, ein ums andere Mal die Szene des Verbrechens in der Erinnerung, aus verschiedenen Blickwinkeln, ablaufen zu lassen, die Brüste der Gangsterbraut sage und schreibe achtmal ins Bild brachte, während ihn der übrige Körper kaum interessierte. Brüste. Brüste. Brüste. Hartnäckig klein, aber voll, dunkel und von Brustwarzen in Kardinalslila gekrönt. Carvalho schnaubte.

«Unübersehbar, wie?»

«Worum ging es beim ursprünglichen Ansatz von Sánchez Bolín?»

«Der hatte damit nichts zu tun. Erstens starb das Mädchen mit ihrem Mann gleich zu Anfang, und im Grunde ging es um das Thema *Padre padrone*, ein ultrabesitzergreifender Vater, der seinen eigenen Sohn umbringt, weil er sich nicht dem Modell anpaßt, das er für ihn vorgefertigt hat. Araquistain machte daraus einen ‹Spaziergang› über den nackten Körper dieses Mädchens.»

«Wer ist sie?»

«Sie war hier fremd. Sie war zum erstenmal dabei und verschwand dann wieder. Jetzt erinnere ich mich wieder. Ich glaube, Santidrián hatte sie ihm beschafft. Sie war eine Kriminelle, oder beinahe. Ein Mädchen aus einem dieser verrufenen Viertel. Diese Art von Schauspielern, wie sie Saura oder Manuel Gutiérrez Aragón einsetzten.»

«War da nichts zwischen ihr und Araquistain?»

«Soviel ich weiß, nicht. Und ich weiß normalerweise eine ganze Menge darüber.»

Es wurde allmählich Zeit fürs Abendessen, und diesmal bestellte Carvalho bei «Zalacaín». Es bestand aus einem Schmortopf mit Austern und Scampi in Cidre, Filetschnitten in Sherryessig und Reistorte mit Orangen. Cifuentes war an der Grenze seines rationalen Begriffsvermögens. Er war sozusagen kurz vor dem Erbrechen, als er nur die Speisenfolge hörte. Dann tauchten sie wieder in andere Folgen der Serie ein, aber für den Rest des

Abends hatte Carvalho nur die dunklen Brüste jenes Mädchens vor Augen und ihren mürrischen Blick, auf dessen Grund trotzdem die Naivität jedes Jungtieres leuchtete. Als der letzte Schlußakt der Serie Sánchez Bolín nahte, fühlte er, wie seine Augen sich in schmerzende Knöpfe verwandelt hatten, und neben sich hörte er die entkräftete Stimme von Cifuentes. «Es reicht für heute, nicht?»

«Rufen Sie mal an und finden Sie raus, ob Vilariño noch im Amt ist!»

«Er ist noch. Vorderhand.»

Damit reichte er ihm einen Zettel, der ihm während des Films zugesteckt worden war. Darauf stand: «Alles unverändert.» Carvalho rieb sich die Augen, schaffte es aber nicht, die Figur des Mädchens wegzureiben. «Gibt es nicht vielleicht eine Möglichkeit, die Heldin von *La boda* ausfindig zu machen?»

«Dafür bin ich nicht zuständig! Vielleicht ist bei der Rechnungsabteilung ihre Adresse gespeichert. Wer Ihnen da weiterhelfen könnte, ist Inma. Sie war während der Dreharbeiten Regieassistentin und hatte den Auftrag, sich um das Mädchen zu kümmern. Sie machte ihre Sache gut. Da sie immer so ausgeflippt ist, läuft es um so besser, je ausgefallenere Personen man ihr anvertraut.»

«Ich muß unbedingt mit Inma sprechen. Wo kann ich sie finden?»

«In jeder beliebigen der fünftausend Spelunken von Madrid. Und ab fünf Uhr morgens bei ihr zu Hause. Wenn es Sie nicht stört, schließe ich mich der Suche an. So kann ich verdauen.» Dabei sah er mit schlechtverhehltem Ekel auf die Reste von Carvalhos Abendessen. Drei Stunden später nickten Cifuentes und Carvalho so oft vor Müdigkeit und Enttäuschung ein, daß ihre Köpfe beinahe zusammenstießen, wenn sie die Cafeterias, Pubs oder Musiklokale betraten, in den Augen den verblassenden Schatten von Inma und ihren Namen schon fast nur noch als Hauch auf den Lippen. Sie hatte an zwei Orten Spuren hinterlassen: In einem hatte sie einen halben Teller Linsen mit Chorizo gegessen. «Sie hatte keinen Appetit», war der Kommentar des Kellners. Im andern war sie in Tränen ausgebrochen, hoffnungslos betrunken, und hatte dem Kellner die Geschichte ihrer unmöglichen Liebe zu einem Hurensohn erzählt, der letzte Nacht mit einem Knüppel erschlagen worden war.

«Sie war zu blau. Ich bot ihr an, sie in einem Taxi nach Hause zu bringen oder ihr ein Taxi zu rufen… Aber sie sagte mir, alte Elefanten würden sich verstecken, um zu weinen und zu sterben.»

«Es muß schon sehr ernst sein, wenn Inma solche Ideen hat.»

Als die Möglichkeit eines neueröffneten Lokals in Vallecas ausgeschöpft war – *El Proletario Obeso* (Der fette Proletarier) gehörte einem ehemaligen Führer der *Comisiones Obreras,* der von der Sowjet-Treue zur Carrillo-Treue und von der Carrillo-Treue in die Gastronomiebranche übergewechselt war –, gab sich Cifuentes geschlagen und schloß die Augen; ein Zeichen des Anfangs vom Ende, wie Carvalho befürchtete.

«Schlafen Sie mir nicht ein, sonst wird unser Vilariño noch entlassen!»

«Sollen sie ihn doch entlassen und… ich bin müde.»

«Denken Sie mal nach! Vielleicht ist es jetzt Zeit, zu dem Mädchen nach Hause zu gehen.»

«Nein. Erst um fünf.»

«Sie sagte, Elefanten würden sich verstecken, um zu sterben und zu weinen.»

«Der Mythos von der Rückkehr zum Ursprung…»

Plötzlich gewann er seinen Muskeltonus wieder und schnellte hoch, als hätte man ihn in den Rücken gepikst. «Verdammt! Es könnte noch eine andere Möglichkeit geben…»

Er verließ im Sturmschritt das Lokal, Carvalho hinter ihm her, und ebenso der frühere Gewerkschaftsführer, dem es weniger ums Kassieren ging als darum, die Geschichte seiner kämpferischen Desillusionierung zu Ende zu bringen.

«Denkt dran! Man lebt nur einmal!» rief er ihnen nach, als er sie nach dem Bezahlen an der Tür verabschiedete. Cifuentes wies den Taxifahrer an, sie zum Pub «Santa Margarita» zu bringen, und mußte ihm ins Gedächtnis rufen, wo das war.

«Da sehen Sie's! Bis vor fünf oder sechs Jahren war das Lokal ein Muß für die Creme von Madrid, ob rot oder nicht. Und heute muß man dem Taxifahrer erklären, wo das ist.»

«Können wir Inma dort finden?»

«Möglich. Zu Beginn der sechziger Jahre trafen wir uns alle dort. Wenn wir, wie jeden Sommer, den Sturm auf den Winterpalast vorbereiteten.»

«Mit der Zeit dachte ich, es wäre viel besser gewesen, im Winter den Sturm auf den Sommerpalast vorzubereiten.»

«Vielleicht ist das richtig. Der Winter ist für ernsthafte Pläne da.»

Im Pub «Santa Margarita» gab es nur noch vier Stühle, die noch nicht hochgestellt waren, und auf einem davon saß Inma vor einem hohen Glas, das in ganzer Höhe voll war. Die Kellner ließen sie fast im Dunkeln sitzen, und nur einer bediente noch, solange er damit beschäftigt war, die Stühle vollends auf die Tische zu stellen und die Gläser in die Regale einzuordnen. Er atmete erleichtert auf, als er sah, daß die beiden Neuankömmlinge auf Inma zugingen.

«Der Galicier. Der Scheißgalicier.»

Das war ihre Begrüßung. Darauf erläuterte sie ihre Theorie über die Elefanten. Es gibt nichts Obszöneres als weinen und sterben, und man muß es im Dunkeln und alleine tun.

«Man hat doch in allen Lokalen Madrids mitgekriegt, daß du weinst.»

«In dieser Stadt muß man viel weinen... viel... Madrid ist eine Stadt mit drei Millionen Leichen.»

«Fast vier.»

«Fast vier Millionen Leichen... Das klingt nicht gut. Das ‹fast› kommt mir unpoetisch vor.»

Bei Cifuentes war eine merkwürdige und geheime Saite gerissen, was ihm gestattete, mit dieser durch und durch feuchten und strubbeligen Masse, in die sich Inma verwandelt hatte, einen Dialog für Betrunkene zu führen.

«Mein Herz trägt Trauer.»

«Es ist zum Kotzen.»

Cifuentes wandte sich ungeduldig an Carvalho. «Versuchen Sie's! Mit mir ist sie ständig darauf aus, Dichterwettbewerbe auszutragen!»

«Wer David auf dem Gewissen hat, ist derselbe, der auch Araquistain umgebracht hat.»

«Zehn. Du bekommst eine Zehn. Dein Gehirn qualmt schon, Galicier!»

«Bei den Aufnahmen zu der Serie von Sánchez Bolín warst du

Regieassistentin. Eine von den Schauspielerinnen, na ja, eins von den Mädchen, die in *La boda* auftraten… du warst ihre Betreuern.»

«Na und?»

«Es wäre wichtig für mich, sie zu treffen.»

«Und was interessiert das mich, ob es für dich wichtig ist, sie zu treffen?» Sie schnaubte durch die Nase, und wenn sie gestanden hätte, hätte sie aufgestampft wie ein Stier vor dem Angriff. «Ich kann dich nicht leiden, Galicier. Mein Vater war aus Asturien und sagte, alles Schlechte käme von Westen. Und im Westen, da sitzt ihr!»

«Die Basken sagen dasselbe, und westlich von ihnen sitzt ihr, die Asturier.»

«Gelogen! Araquistain war Baske, und ich habe niemals, gar nie, gehört, daß er so einen Quatsch erzählte.» Sie stand auf, heimtückische Wut in den Augen. «Dieser Scheißgalicier hat die Asturier beleidigt!»

«Aber nicht doch, Inma, nicht doch… Er ist ein Freund und will uns helfen, dir helfen. Damit die Polizei aufhört, dich zu belästigen.»

«Die Polizei kann mich…»

«Gut. Aber hilf uns, Inma! Denk daran, wie wichtig es für Vilariño ist, daß der Mörder so bald wie möglich gefunden wird…»

«Der ist mausetot, genauso tot wie David und Arturo…»

Sie brach in Tränen aus, als sie den Vornamen von Araquistain aussprach. Cifuentes tröstete sie; selbst als sie das Gesicht auf die marmorne Tischplatte fallen ließ, strich die Hand des Ex-Drehbuchautors und Ex-*scripts* und künftigen Ex-Untergeneraldirektors von irgend etwas wieder und wieder über ihr vernachlässigtes und verschwitztes Haar.

«Komm schon, Kleines, hilf uns! Was weißt du über dieses Mädchen aus *La boda*?»

«Sie war verängstigt, die Ärmste», sagte sie, ohne das Gesicht vom Mamor zu heben. «Erst wußte sie nicht, wohin mit sich, und dann wachte in Araquistain ich weiß nicht was für ein Geier auf, der sie mit allen Klauen hetzte.»

«Wie können wir sie finden?»

«Das weiß ich nicht.»

«Wie habt ihr sie gefunden?»

«Irgend jemand brachte sie mit. Araquistain wollte ein neues Gesicht, ein wildes, unverbrauchtes Mädchen... sagte er, und sie wurde mit anderen angeschleppt. Kaum hatte er sie gesehen, brannten bei ihm die Kabel oder die Sicherungen durch.»

«War's nicht David, der sie brachte? War es nicht Santidrián?»

«Nein, ich glaube nicht.»

Sie hatte das schminkeverschmierte Gesicht gehoben, und durch das farbige Durcheinander zeigten ihre Augen den Versuch, ihre Denkfähigkeit wiederzufinden. «Irgendwas hatte Santidrián damit zu tun, aber ich weiß nicht mehr richtig was.»

«Schaffte Arturo, sie zu besitzen, Inma?»

«Besitzen? Du redest von einer Frau...»

«Entschuldige, Inma, du weißt schon, was ich meine, es ist ein Euphemismus...»

«Jetzt hast du den Vergewaltigungsblick gekriegt. Ihr Männer seid alle Vergewaltiger.»

Carvalho holte Cifuentes aus Inmas Schußlinie. «Ich bin kein Vergewaltiger. Gestern nacht habe ich es dir bewiesen.»

«Was hast du mir bewiesen?»

«Als du Santidrián als Vergewaltiger beschimpft hast, bin ich gegangen.»

«Ja. Du bist gegangen. Er war ein Vergewaltiger. Dafür bist du schwul. Ihr Männer seid alle so. Entweder Vergewaltiger oder schwul.»

«Araquistain auch?»

«Der war Baske. Damit ist alles gesagt. Entweder zerhackte er Bäume, oder er schrieb Gedichte.»

«Was für Gedichte?»

«Er schrieb eins, das dem Mädchen gewidmet war. Chelo. Sie hieß Chelo Estrella. Es war sehr schön. Sehr tief empfunden.»

«Sie haben es gelesen.»

«Ich habe es.»

«Hier?»

«Glaubst du, ich würde ein Gedicht mit mir herumtragen? Zu Hause. Gut aufbewahrt. Arturo schrieb es an dem Abend auf eine Papierserviette, als er mir seine ganze Geschichte mit Chelo erzählte. Er verfolgte sie überallhin und erreichte überhaupt nichts. Das Mädchen hatte etwas an sich, das ihn verrückt machte, etwas, das er nicht erklären konnte.»

«Wir bringen dich nach Hause, Inma!»

«Was ihr wollt, ist, mich vergewaltigen. Vergewaltiger.»

«Nein, Inma. Wir beide sind vom anderen Ufer. Wir sind stockschwul.»

«Abscheulich!»

Aber sie kam mit und verbreitete sich im Taxi weiter über die Obszönität des Todes und der Tränen. «Ich war ganz hin und weg von Araquistain. Aber er hatte nur Augen für seine Kamera und die Frauen, die in seinen Filmen spielten. Außer Chelo waren sie nichts als Material für ihn, Effekte von Licht und Schatten. Das Kino ist nichts. Alles nur ein Spiel mit Licht...»

Sie bot ihnen etwas zu trinken an, als sie in ihrer Höhle waren, wo es noch schlimmer stank als in der Nacht zuvor und neue Unordnungen zu den bereits bekannten dazugekommen waren. Eine Art Entmutigung überdeckte die tiefe Erschöpfung von Cifuentes und Carvalho. Ab und zu warf Carvalho in Inmas Monolog die Frage ein: «War es Santidrián, der Chelo zum Film brachte?» – «Wer brachte Chelo zu den Dreharbeiten von *La boda*?» Die Frage prallte am Unwillen Inmas ab, die sie nicht beantworten konnte oder wollte. Carvalho begann mit offenen Augen zu träumen: von einem riesigen Bett mit einer Menge, einer Unmenge frischer, einladender Laken. Er erhob sich und forderte Cifuentes zum Rückzug auf, aber der schlief schon. Inma schreckte angesichts der angekündigten Einsamkeit auf und nahm Carvalhos Hand. «Galicier, wolltest du nicht das Gedicht von Araquistain sehen?»

Ihr Ton hatte sich verändert, und Carvalho klammerte sich an diese letzte Chance. Er nickte und setzte sich neben sie. Da stand Inma auf und ging zu einem Stapel von Büchern, den sie zu irgendeinem Zeitpunkt ihres Lebens auf einen Stuhl gepackt hatte. Aus einem Buch holte sie ein Stück Papier, das sie auseinanderfaltete und glättete, während sie zu Carvalho zurückkam. Sie gab es ihm. Unter dem Titel *Gefühlvolles Lob der Anatomie* floß ein Gedicht voller Sehnsucht nach der Fähigkeit, Körper zu lieben, seien sie jämmerlich oder üppig, und sprach von der Unmöglichkeit der Begierde ohne die Selbsttäuschung der Besessenheit. Im übrigen enthielt es nichts Neues, und Carvalho nahm das Papier an sich, indem er es faltete und in die obere Jackentasche steckte.

«Wolltest du nicht wissen, wer Chelo zum Film gebracht hat?»

«Doch.»

«Es war nicht Santidrián. David beanspruchte den Pluspunkt für sich, aber es war sein Sohn, der *Sinanthropus*. Chelo ist die Schwester von einem Jungen aus seiner Band, er nennt sich *Madonno*. Manchmal kam sie mit dem *Sinanthropus* und ihrem Bruder zu den Dreharbeiten, manchmal auch mit ihrem Stiefvater.»

Carvalho ließ im Gedächtnis noch einmal die lange Nacht mit Santidrián und Inma Revue passieren und pickte die Erinnerung an den Moment heraus, in dem Santidrián seinem Sohn gegenüber behauptete, er habe den Schlüssel zu der Sache gefunden, und der sei in seiner Mappe.

«Wo wohnt der *Sinanthropus*?»

«Wie soll ich das wissen?»

«Kann es sein, daß er hier das weiß?»

«Der weiß alles.»

Gewisse Unannehmlichkeiten bringt es schon mit sich, wenn man alles weiß, dachte Carvalho, als er Cifuentes wachrüttelte, wartete, bis er sich wieder in Raum und Zeit zurechtfand, und ihn dann fragte, ob er wisse, wo er den *Sinanthropus* finden könne. «Verfluchte Hurenkacke!» sagte Cifuentes fünfmal hintereinander. Später teilte er mit, das sei sein persönliches Rezept, um zu sich zu kommen, wenn er auf üble Art und Weise geweckt werde. Er hatte die Telefonnummer der früheren Wohnung von Santidrián und seiner Familie, bevor sich der *Verstand* vom *Körper* getrennt hatte...

«Wecken Sie jetzt aber niemanden...»

Er sagte es zu spät. Carvalho weckte um sieben Uhr früh die gewesene Señora Santidrián, um sie zu fragen, wo er den *Sinanthropus pekinensis* finden könne. «Es geht um einen ganz dringlichen Vertrag. Ich brauche von ihm ein Ja oder Nein.»

Eine Mutter ist eine Mutter, dachte Carvalho. Sei es um sieben Uhr früh oder um vier Uhr nachmittags.

Ohne die Kohlebemalung, mit der er wie Dracula auszusehen versuchte, wirkte der *Sinanthropus* wie ein zarter, schüchterner Zwanzigjähriger, bei dem das Jugendalter als Formel einer kritischen Verblüffung über das Leben andauerte. Und mit dieser Verblüffung empfing er Carvalho in einem Zimmer mit vielen Matratzen auf dem Boden und Postern an den Wänden. Dem *Sinanthropus* kamen die Tränen, als Carvalho von seinem Vater anfing.

«Sogar bei seinem Tod hat er noch Scheiße gebaut, der alte Bock!»

«Man kann nicht gerade sagen, daß eure Beziehung ungetrübt war.»

«Wir stritten uns zum Spaß, obwohl er manchmal zu weit ging. Er war ein verklemmter Aggressivling und außerdem ein Versager. Er wäre gerne Orson Welles gewesen und schaffte es nicht mal, er selbst zu sein. Vor einigen Jahren, als ich fürs Abitur büffelte, bekamen wir die Aufgabe, eine Arbeit über das spanische Kino zu schreiben. Eins der Arbeitsmaterialien war ein Lexikon. Ich schlug es aufgeregt auf, und der erste Buchstabe, den ich suchte, war S wie Santidrián. Ich hoffte, David Santidrián zu finden... Nichts. Nicht vorhanden. Mein Vater war nicht vorhanden. Die Filmlexika bringen keine Regieassistenten.»

«Habt ihr euch häufig getroffen?»

«Er wußte, wo er mich finden konnte.»

«Und hast du ihn besucht?»

«Nein. Es war mir auch nicht wichtig, obwohl er mir jedesmal, wenn ich ihn sah, im Grunde gefiel.»

«Wohin hast du dich in der Nacht verdrückt, als wir mit deinem Vater zusammen waren? In der Nacht, als dein Vater starb?»

«Die Band traf sich. Wir bereiten eine LP und die Sommertournee vor. Wir trafen uns in einer leeren Lagerhalle in der Calle Escalinata, obwohl wir dort nicht spielen können, weil die Nachbarn dann Stunk machen.»

«Wozu habt ihr euch dann getroffen?»

«Wir suchten Musik zu einem Text von Dennis. Dennis Vian ist der Texter der ‹Ejecutados Agresivos›. Der Text war das Letzte, denn Dennis gefällt sich in der Rolle des großen Dichters und spielt sich seit dem Erfolg von *Piß nicht in den Fluß* als Klassiker auf. Es gab keine Möglichkeit, das in Musik umzusetzen. Sehen Sie, das hier.»

Mädchen, dummes kleines Mädchen,
du machst dir zu viele Gedanken um mich!
Du, dummes kleines Mädchen,
wirst noch in deinen Brüsten ein Denkproblem finden.
Du dachtest, mit dem Verlust des Hymens sei alles gelöst,
zogst dich tiefschwarz an,
legtest himmlisches Rot auf die Lippen
und fingst an, mit der Bibel in der Hand Lektionen in Reife zu erteilen.
Du, dummes kleines Mädchen…

«Das ist der Refrain. Soll ich den Refrain noch mal vorlesen?»
«Refrains konnte ich noch nie ab.»

Du lerntest zehn Worte aus einem Buch und hieltest dich für Horaz,
du gingst als *poupée* über den Boulevard,
zogst dir rebellische Nylons an
und degradiertest mit ein paar Gramm Frechheit alle andern zu blöden Statisten.

Du, dummes kleines Mädchen usw.

Du hast es bedauert, nicht aus gutem Hause zu sein, das hast du nicht geschluckt,
du hast deine Rollen vertauscht, weil du nicht anders konntest.
Spucktest in einen teuren Cocktail
und hast beschlossen, die Subkulturmessen aus dem Sonntagscomic zu segnen.

Du, dummes kleines Mädchen usw.

Faß endlich wieder Selbstvertrauen
und vergiß das Wörterbuch,
mit dem du Baudelaire verstehen willst!
Faß endlich wieder Selbstvertrauen!

Fixier dich nicht so sehr auf mich,
ich bin weder vollkommen, noch will ich es sein!
Und hol dir, bevor du stirbst, das Abitur!

«Hat das Gedicht dem Mädchen gefallen?»

«Welchem Mädchen?»

«Dem es gewidmet ist.»

«Was weiß ich! Dennis ist ein Eigenbrötler. Er lebt sein Leben, und plötzlich ruft er bei uns an. ‹Ich hab Schokolade!› sagt er, und das heißt dann, er hat neue Lieder gemacht. Er kommt, liest sie vor, wir geben unseren Senf dazu, und dann geht er wieder, bis wir ihm eine Musikbearbeitung vorlegen. *Piß nicht in den Fluß* war super, besser als ein Arsch mit Marmelade! Mein Vater hat sich fürchterlich darüber aufgeregt. Es sei Leichenfledderei an einem Lied, das ich weiß nicht wer irgendwann mal gesungen hat, sagte er.»

«*Schau nicht in den Fluß* von Conchita Piquer.»

«Genau. Der Song von Vian fängt genial an:

In Sevilla steht ein Haus,
und das Haus hat ein Fenster.
Aus dem Fenster schaut ein Mädchen
und zeigt seine Tittchen.

Und dann der Refrain, das war einfach zu stark, echt:

Ay, ay, ay, ay,
piß nicht in den Fluß!
Ay, ay, ay, ay,
tu mir das nicht an,
weil ich noch drin baden will.»

«Als du damals zu der Gruppensitzung kamst, hast du da was von dem Mord an Araquistain erzählt oder daß du deinen Vater getroffen hast?»

«Na ja, mehr oder weniger. Ich hab die Geschichte mit Txiki Benegas erzählt. Ich sagte ihnen, der Alte schlafft ab und schleimt sich bei der Regierung ein. Wer tut das nicht? Wir sind selbst wie die Bekloppten hinter Staatsknete her, und man muß aufs Rathaus oder zur Regionalregierung oder aufs Ministerium gehen und Forderungen stellen, sonst kommt man zu nichts.»

«Was hast du noch erzählt?»

«Daß mir der Alte mit einem Drehbuch auf die Nerven ging, über den Mord an Araquistain, und daß er es einem Privatbullen andrehen wollte, einem galicischen Toni Romano aus Barcelona.»

«Wer ist Toni Romano?»

«Mensch, lesen Sie denn nichts? Und da heißt es immer, es sei die Rockjugend, die nichts liest! Es ist der Romanheld von Madrid.»

«Der Gründer von Madrid?»

«Also, hören Sie mal, wollen Sie mich verarschen oder was?»

«Wie lange dauerte die Gruppensitzung?»

«Manche blieben länger, manche nicht so lange.»

«Wer ging als erster?»

«*Madonno*, einer, der nach Madonna verrückt ist, und deshalb nennen wir ihn *Madonno*.»

«Also der Bruder von Chelo Estrella.»

«Ja. Wieso?»

«Chelo Estrella spielte in einem Film von Araquistain mit.»

«Ja. Traumhaft! Das war echt stark. Man bekam kaum ihr Gesicht zu sehen. Sie tat den ganzen Film nichts anderes als die Titten zu zeigen. Wir haben ihn mit der ganzen Gruppe angesehen und am Schluß ‹Zugabe! Zugabe!› gerufen, weil da ganz sicher eine Szene fehlte, in der Chelo noch mal den Busento zeigte.»

«War ihr Bruder sauer?»

«Was, *Madonno* und sauer? Warum? Quatsch, der fand es toll. Wer sauer war, das war der *Allmächtige*.»

«Und wer ist das?»

«Der Stiefvater von Chelo und *Madonno*. Ein richtig ungehobelter Prolo, aber voll in Ordnung; er ist arbeitslos und kümmert sich um unser Zeug und spielt für uns den Gorilla, wenn uns die Fans an die Wäsche wollen. Er hält sich immer ganz dicht bei *Madonno*; er tut ihm leid, weil er oft angemacht wird und keine halbe Ohrfeige aushält.»

«Also *Madonno* war der erste, der wegging.»

«*Madonno* und der *Allmächtige* gingen zusammen.»

«Wo kann ich *Madonno* finden?»

«Um diese Zeit schläft er in der Baracke. Er hat sich 'ne Wohnung gekauft, aber die Maler sind noch drin. Inzwischen wohnt er in der Notunterkunft seiner Eltern.»

«Notunterkunft?»

«Sie wohnten im Block von San Cristóbal de los Angeles, eine dieser Wohnungssiedlungen aus der Franco-Zeit, die am Zusammenfallen sind, und während der Renovierungsarbeiten hat man sie in einer Notunterkunft untergebracht, mit einem Park direkt vor der Tür. *Madonno* nennt es *El Hotelito*, und der *Allmächtige* hat sich unheimlich gefreut, denn es ist wie auf dem Land, und er hat sogar Hühner und ein paar Tomaten.»

Carvalho stand mühsam auf, heimtückisch von verschlingenden Matratzen angesaugt. Dafür sprang der *Sinanthropus* wie von einer Sprungfeder geschnellt hoch. «Was ist mit *Madonno*?»

«Ich will mit ihm reden.»

«Verdammte Scheiße. Ich hab wohl Dinge erzählt, die ich nicht hätte sagen dürfen. Ich komme mit. Ich mache mich schnell zurecht.»

Er machte sich schnell zurecht, und Carvalho steckte die Verwandlung fast ohne mit der Wimper zu zucken ein. Er hatte wieder Graf Dracula vom Kohlestift vor sich.

«Muß das sein?»

«Ich versaue mir sonst die Hitparade, mein Freund. Man muß dem eigenen Image treu bleiben.»

Der Chauffeur von TVE hielt Carvalho den Schlag auf und beäugte den *Sinanthropus* mißtrauisch, während er ein «Schämst du dich nicht?» brummte, das die Ohren des *Sinanthropus* erreichte. Der Sänger wartete, bis sie im Wagen saßen, und verlangte dann eine Erklärung. «Sie verkleiden sich als Chauffeur und ich eben als Dracula. Jeder verdient seine Kohle, wie er kann.»

Der Chauffeur nickte, nuschelte aber etwas in der Art wie: «Nächstes Mal gehe ich als Werwolf.» Das legendäre Madrid von Lavapiés war ein Strom von Autos, die alle durch einen Engpaß von Vierteln aus billigem Zement und Fensterscheiben mit Zahnstein zur Ausfallstraße nach Andalusien strebten. Der *Sinanthropus* stellte unaufhörlich Spekulationen über die guten oder schlechten Absichten von Carvalho an. Für ihn war *Madonno* ein korrekter Typ, *absolut vertrauenswürdig*, stets hilfsbereit und unfähig, auch nur einer Fliege was zuleide zu tun.

«Der hält keine halbe Ohrfeige aus. Es bringt nichts, den Kontroletti zu machen. Sie werden nichts rausfinden.»

Der Wohnblock versprach im Wiederaufbau nicht viel besser zu werden als sein abgerissenes Vorbild, und links davon wuchsen die Baracken der Mieter zwischen Bäumen, die sich ein Langzeitkrankengeld gesichert hatten und daher eine katastrophale Agonie erlauben konnten – eine glatte Parodie auf das Motto vom freien Menschen in der freien Natur. Der *Sinanthropus* ging voraus und bändigte mit einer Hand das Flattern seines transsylvanischen Vampirumhangs. Die wenigen sichtbaren Einwohner der Siedlung begrüßten den Vogel mit Widerwillen oder Vertrautheit. Sie blieben vor eine Baracke stehen, vor deren Tür eine Frau von vermutlich samojedischer Abstammung ein paar Geranienstöcke goß.

«Hallo, Señora Prudén, ist *Madonno* da?»

«*Madonno*? Kenn ich nicht. Ich hab einen José geboren oder Pepe, wenn du willst.»

«Ist Pepe da?»

«Ja.»

Der *Sinanthropus* ging durch die Tür, und Carvalho folgte ihm in ein Diele-Küche-Eßzimmer, von dem kleine Zimmer abgingen. Durchs Fenster sah man einen kleinen, abgezäunten Hinterhof, wo ein paar Hühner pickten. *Madonno* hatte einen festen Schlaf, und als er ihn überwunden hatte, öffnete er den beiden Besuchern die Pforte zu seiner Höhle. Es stank nach Achselschweiß und Kölnisch Wasser; *Madonno* merkte es selbst, riß das Fenster auf und holte tief Luft mit seinen kleinen Atmungsorganen: Nase, Mund, Kopf, Lungen. Sein Kopf war ebenso klein wie die Brust schmal, obwohl er auf dem Schädel einen Federschmuck von lila Haaren trug, flankiert von orangeroten Seitenteilen. Er trug eine bunte Samtweste und Wildlederhosen. Entweder war das sein Pyjama, oder er schlief in denselben Sachen, die er tagsüber trug.

«Das ist der verkappte Bulle, von dem ich dir erzählt habe.»

«Mit dir ist es weit gekommen! Daß du mir hier einen verkappten Bullen anschleppst!»

«Ich bin Privatdetektiv.»

«Privatspitzel oder getarnter Scheißhaufen, das bleibt sich gleich.»

Ekel troff aus der kleinen Schnauze von *Madonno*. Tatsächlich konnte sich Carvalho bei diesem unfertigen Schwächling nicht vorstellen, daß er jemanden angriff.

«Aus dem Zimmer!» befahl Carvalho dem *Sinanthropus*, in einem Ton, dem ein als Dracula geschminkter Junge nichts entgegenzusetzen hatte.

«Wenn du mich brauchst, ruf mich, *Madonno*!»

«Wer hier abhaut, ist dieser Scheißhaufen von Bulle!»

Aber der Scheißhaufen von Bulle hatte bereits die Tür hinter dem *Sinanthropus* geschlossen und knöpfte sich *Madonno* vor, ging auf ihn zu wie eine geduldige Straßenwalze.

«Was glaubst du eigentlich, Alter? Wenn ich schreie, hast du die ganzen Geier aus der Siedlung auf dem Hals!»

«Das läßt du schön bleiben, weil du sonst auch die Polizei auf dem Hals hast!»

Der elektrische Zweitgitarrist der «Ejecutados Agresivos» schluckte und hob instinktiv den Arm vors Gesicht, als Carvalho einen Meter vor ihm stand. «Ich hab nichts getan.»

«Das sieht jeder Blinde. Wo ist Chelo?»

«Weiß ich nicht. Abgehauen. Ab und zu stinkt ihr was, und sie verduftet.»

«Und dein Stiefvater?»

«Der auch. Der ist auch weg.»

«Noch einer, dem was stinkt.»

«Das wird's wohl sein.»

«Hör mal zu, *Madonno*, mir stinkt die Polizei genauso wie dir, und die Bullen, wie du sie nennst, erfahren kein Wort von mir. Aber ich will das Geld für meine Arbeit kassieren, und das ist heilig. Wo ist Chelo und der *Allmächtige*?»

«Weiß ich nicht.»

«Aber du weißt, warum sie weg sind.»

«Von Chelo nicht.»

Er biß sich auf die Lippen, kaum hatte er es gesagt. Carvalho suchte den Quadratmeter, der das Zimmer ausmachte, nach einem Stuhl ab. Er fand keinen, setzte sich auf die Bettkante, holte aus einer Zigarrenkiste im Taschenformat eine Cerdán Gable und zündete sie vor den Augen des gelähmten *Madonno* an, der jede seiner Bewegungen verfolgte und eine kausale Verbindung zwischen ihnen suchte. Carvalho schien sich einzig und allein auf den Rauch der Zigarre und den Versuch zu konzentrieren, durchs Fenster einen schwer auszumachenden Horizont zu erspähen. *Madonno* wollte etwas sagen, schaffte aber nur ein Blinzeln.

Zuviel Stille. Carvalho begann halblaut zu sprechen. Er erzählte *Madonno* die Geschichte, die er noch nicht erklären konnte. Araquistain suchte ein neues Gesicht, eine neue Erscheinung für *La boda*, nach der Originalhandlung von Sánchez Bolín. Er brauchte ein frisches, hartes Mädchen, das die Subkultur des sozial geächteten Madrid verkörperte. Da kam Santidrián, der um jeden Preis den Posten eines Regieassistenten ergattern wollte, und erzählte von Chelo, der Schwester eines Freundes seines Sohnes von den «Ejecutados Agresivos». Als Araquistain Chelo gesehen hatte, war er verblüfft und wußte nicht mehr, wo ihm der Kopf stand. Es war wieder einmal so weit, daß er sich optisch verliebte und in einem optischen Kannibalismus schwelgte, der sich noch steigerte, als er die ersten Nacktaufnahmen von ihr verlangte und vor ihm ein Körper auftauchte, der auf einen tiefen, geheimen Ruf seiner verbotenen Träume antwortete. So sehr gefiel ihm der Körper, daß er das Drehbuch von Sánchez Bolín auf den Kopf stellte, nur um immer wieder diesen nackten Körper filmen und rechtfertigen zu können. Aber weder während noch nach den Dreharbeiten faßte er sie auch nur mit einem Finger an.

«Oder hat er sie doch angefaßt?»

«Nein, nicht mit einem Finger.»

Das erklärte *Madonno* hastig, mit erstickter Stimme. Vielleicht hatte Araquistain während der Dreharbeiten zu jenem Kapitel mehr Baumstämme denn je durchgehackt und in seinem Unterbewußtsein eine Wunde vom überwältigenden Eindruck dieses Mädchens behalten.

«Hat er ihr wenigstens was gesagt?»

«Nein, kein Wort, obwohl er sie mit den Augen auffraß.»

Carvalho dachte und sprach, ohne genau zu wissen, ob sich die Worte aus den Gedanken ergaben oder umgekehrt. Wenn Araquistain Chelo während der Dreharbeiten auch nicht beleidigt hatte, so geschah dies doch später, als die Serie ausgestrahlt wurde und Chelo selbst sah, was nach dem Schneiden von ihrer Rolle übriggeblieben war. Nichts als ein Körper, der sich an- und auszog, ein ums andere Mal, als sehe man keinen Film, der sich in eine Richtung vorwärts bewegte, sondern ein Spiel der *Laterna magica*.

«Die aus der Siedlung waren vielleicht sauer, unglaublich!»

Plötzlich trieb Carvalho einen Keil in das Gespräch; das diktierte ihm sein sechster Sinn, den jahrelanges Fotografieren von Intuitionen in der Dunkelkammer seines Gehirns entwickelt hatte. Seine Intuition hatte ihm ein-, zwei-, dreimal das Instant-Foto des *Allmächtigen* gezeigt.

«Wie nahm es der *Allmächtige* auf?»

«Fatal.»

Damit hatte sich *Madonno* von etwas befreit, das er tief im Innern trug und das ihm den Atem genommen hatte, seit Carvalho im Zimmer war.

«Was hat der *Allmächtige* getan?»

«Er ist ein guter Kerl, aber ein bißchen plemplem. Vom Boxen hat er einen kleinen Dachschaden gekriegt. Er wollte von Araquistain eine Erklärung, warum er seine Tochter zur Hure gemacht habe; wie er sagte. Und der sagte, er könnte ihn mal.»

«Da hat er ihn sich vorgeknöpft.»

«Das haben Sie gesagt.»

«Dann hat euch der *Sinanthropus* erzählt, daß sein Vater etwas über die Sache geschrieben habe und der Schlüssel zu dem Mord darin enthalten sei, und da bist du auf ihn losgegangen. Diesmal der *Allmächtige* und du!»

Es gefiel Carvalho, daß *Madonno* nicht hysterisch, sondern zynisch reagierte. «Also, lassen Sie uns das doch mal so sehen: Wir kennen alle den Alten vom *Sinanthropus* als einen Traumtänzer, einen Scheißaufschneider, einen Angeber. Wer konnte das denn ernst nehmen, was der über die Sache mit dem Basken geschrieben hatte?»

«Wer das ernst nehmen konnte?»

«Jawohl, Bulle, ja, du Klugscheißer, wer konnte so was ernst nehmen?»

Das plötzliche Selbstbewußtsein von *Madonno* fiel in sich zusammen, als Carvalho fast beiläufig säuselte: «Der *Allmächtige*.»

Madonno war endgültig am Boden zerstört. Also ging er ans Fenster, stützte die Ellbogen auf und fing an zu weinen. «Er ist wie ein grober Klotz mit ganz viel Herz. Als er das im Fernsehen sah, glaubte er, man hätte Chelo zur Nutte gemacht. Seit er sich mit meiner Mutter zusammengetan hat, war er immer verliebt in die Chelo und die in ihn.»

«Hast du ihn bei der Suche nach Santidrián begleitet?»

«Nein. Er war plötzlich weg, und ich dachte, er sei abgehauen, um zu saufen oder sich eine Freundin zu suchen. Wenn ihn die Hitze packt, kennt er nichts mehr. Und jetzt, seit die Chelo aus dem Haus ist, ist er immer blind vor Hitze. Die und er haben wirklich heiß miteinander gefickt.»

«Und deine Mutter wußte es?»

«Die Alte weiß alles und nichts. Solange man der das Wasser nicht abdreht und sie ihre Geranien gießen kann, kümmert die sich um nichts.»

«Wo ist der *Allmächtige*?»

«Weiß ich nicht.»

Er sah Carvalho nicht an, aber sein Tonfall hatte sich verändert. Er hatte die Grenze seines moralischen Kodex erreicht und würde sich eher totschlagen lassen, als den Aufenthaltsort seines Stiefvaters zu verraten. Carvalho verließ das Loch und nahm im Hinausgehen den *Sinanthropus* mit, der nicht wußte, ob er seinem Freund beistehen oder lieber Carvalho im Auge behalten sollte. Sie gingen in den zum Lager der Geschädigten gemachten Wald hinaus und an Señora Prudén vorbei, die sich hartnäckig abmühte, die vertrockneten Blätter von ihren Geranien zu entfernen, die aus den verschiedenartigsten Gefäßen sprossen: Konservenbüchsen, Kochtöpfen, einer abgeblätterten Emailleschüssel und ab und zu auch aus einem Blumentopf.

«Was hat er mit *Madonno* gemacht?»

«Wieso gehst du nicht zu ihm und fragst ihn selbst?»

«*Madonno* ist ein anständiger Typ...»

«...der keiner Fliege etwas zuleide tun kann; ich weiß schon.»

Carvalho stieg ins Auto und wartete ab, bis sich der *Sinanthropus* entschieden hatte; der Junge legte den Rückwärtsgang ein und ging zur Baracke. Carvalho sagte dem Fahrer, er solle ihn nach Madrid bringen. «Calle Escalinata; lassen Sie mich an der Plaza de la Opera aussteigen!»

«Kommt der Graf Dracula nicht mit?»

«Das ist jetzt nicht seine Zeit.»

«Vampire müssen ja tagsüber schlafen.»

Der Fahrer lachte über seinen eigenen Witz und wahrte für den Rest der Fahrt ein kluges Schweigen. Carvalho schlief den tiefen Schlaf eines Ertrunkenen, und der Chauffeur hatte einige Mühe, ihn vom Grunde dieses liebenswerten, dickflüssigen Sees heraufzuholen. «Wir sind da. Sie waren kaum wach zu kriegen.»

Carvalho richtete sich auf und sah die vereinzelten Menschen auf der Plaza de la Opera und linker Hand die Treppe, die zur Calle Escalinata hinabführt. «Warten Sie nicht auf mich!»

Er ging mit tauben Beinen und müden Augen die Stufen hinab, atmete tief durch und betrat eine Café-Bar, um einen großen Kaffee zu nehmen.

Der Wirt jagte Fliegen mit einem Lappen und informierte ihn, daß die Rockgruppe vier Häuser weiter unten übe, in einem früheren Flaschenlager. «Aber sie kommen abends oder wenn es Nacht wird.»

Carvalho ging zu der Lagerhalle und stand vor einem bombenfest verriegelten braunen Einfahrtstor. Er drückte auf den rechts im Rahmen eingelassenen Klingelknopf und wartete auf Antwort. Als keine kam, klingelte er noch einmal. Zweimal. Dreimal. Er drückte das Ohr ans Holz und glaubte, auf der anderen Seite heftiges Atmen zu hören.

«Ich komme von *Madonno*!»

Weiterhin Atmen und Schweigen.

«Wir haben Chelo gefunden. Ich bin ein Freund vom *Sinanthropus*.»

Es dauerte nur Sekunden. Der Riegel wurde zurückgezogen, und im Tor öffnete sich ein leeres Rechteck. Carvalho ging in die verschimmelte Dunkelheit des Lagers und ahnte auf seiner linken Seite die lautlose, angespannte Gegenwart eines menschlichen Wesens. Er wandte sich ihm zu und versuchte, seine Augen an die fast totale Finsternis des Ortes zu gewöhnen. «Ich komme von San Cristóbal. Ich habe mit *Madonno* gesprochen.»

Ein pfeifender Atemzug ging der Frage voraus: «Wo ist Chelo?»

«Können wir Licht machen?»

«Wir brauchen kein Licht.»

«Ich kann ohne Licht nicht sprechen.»

Die dunkle Masse murrte und wurde noch dunkler, als sie ins Innere des Lagers vorstießen. Plötzlich leuchtete das Licht einer Deckenlampe auf, warf aber nicht mehr als einen schwachen Lichtkegel. Die dunkle Gestalt wurde etwas deutlicher sichtbar. Es war ein offensichtlich massiger Mann mit hängenden Armen und einem immer noch schwer zu erahnenden Gesicht. Carvalho ging auf ihn zu, und der andere wich dieselbe Anzahl von Schritten zurück, die Carvalho auf ihn zu gemacht hatte.

«Wo ist Chelo?»

«Sie hat sich versteckt.»

«Warum hat sie sich versteckt?»

«Aus Angst.»

«Wovor hat meine Kleine Angst?»

«Daß die Polizei ihr die Sache mit Araquistain anhängt.»

«Sie ist vorher schon fortgegangen.»

«Vor was?»

«Bevor man diesen geilen Bock totgeschlagen hat.»

«Aber sie hat Angst.»

Carvalho hatte sich orientiert – nicht anhand dessen, was er sehen, wohl aber an den Formen, die er in dem Raum erahnen konnte. Er wandte sich von dem *Allmächtigen* ab und entdeckte eine Anlage zur Tonwiedergabe, ein paar Stühle, einen Tisch und in einer Ecke ein Lager, halb gemacht oder halb zerwühlt. «Schlafen Sie hier?»

«Ich passe hier auf.»

«Wohnen Sie immer hier? Gehen Sie nie nach San Cristóbal?»

«Manchmal.»

Er bemerkte, wie die Schritte des Mannes den seinen folgten. Unerwartet drehte er sich um und sah ihn an.

«Wo ist die Mappe?»

«Was für eine Mappe?»

«Die von Santidrián. Dem Vater vom *Sinanthropus.*»

Der setzte sich in Bewegung und ging an Carvalho vorbei zu seinem Lager. Er fuhr mit den Händen unter die Matratze und holte sie wieder heraus, diesmal hielten sie die Mappe von Santidrián. «Ich hab sie gefunden.»

«Zum Glück haben Sie sie gefunden. Haben Sie alles gelesen?»

«Zur Hälfte. Können Sie lesen?»

«Ich komme einigermaßen zurecht.»

Der Mann ließ die Gummis der Manuskriptmappe schnalzen, als peitsche er sie aus. «Bei mir ist es so, wenn ich zuviel lese, wird mir schlecht.»

Carvalho streckte die Hände aus. «Soll ich Ihnen vorlesen?»

Die Hände des Mannes umklammerten die Mappe. Er schwankte zwischen Mißtrauen und Begierde. «Es sind alles Lügen.»

«Ganz sicher. Der, der das geschrieben hat, hat nie auch nur die halbe Wahrheit gesagt.»

«Nicht mal die halbe Wahrheit.»

Sie waren an einem Punkt des Einverständnisses angelangt.

«Aber es würde sich lohnen, es zu lesen.»

«Nichts als Lügen.»

«Klar. Wir glauben kein Wort.»

«Kein Wort.»

Er kam ein paar Schritte auf ihn zu und gab ihm die Mappe. Der Lichtstrahl erwischte ihn voll, und vor Carvalho erschien ein Gesicht, in dem alles groß und nach unten gezogen war: Augen, Backenknochen, Wangen und Kinn. Nur die Nase schien an ihrem Platz zu sein, von allen Faustschlägen dieser Welt dort festgenagelt, ein plattgeschlagener Vogel, dessen sämtliche Knöchelchen gebrochen waren; die Öffnungen waren bemitleidenswert aufgerissen, um atmen zu können. Carvalho nahm die Mappe, holte einen Stuhl und stellte ihn unter die Lampe. Der andere tat dasselbe, und das Lesekomitee war bereit.

Santidrián wußte von nichts. Das Drehbuch entwickelte die These, Araquistain sei von einem Regieaspiranten umgebracht worden, der dem Verfasser des Drehbuchs nur allzusehr glich; er wurde ästhetisch geadelt durch eine indirekte Hommage an das Monster aus dem *Gespenst der Oper*. Die Geschichte war mit Santidriáns Selbstmitleid überfrachtet, und der Leser gelangte zu dem Schluß, daß Araquistain den Tod verdient hatte. Carvalho mußte fast jede Szene und manchmal Satz für Satz des Gelesenen in eine für den *Allmächtigen* verständliche Sprache übersetzen. Als er die Lektüre beendete, zogen sich die Züge des Exboxers zusammen, und in seinen Augen erschien eine unschuldige und vollkommene Enttäuschung. «Das war's?»

«Das war's.»

«Kein Wort von mir! Von Chelo auch nicht!»

«Nein.»

«So ein Pech.»

Der *Allmächtige* ballte eine Faust und schlug damit in die offene andere Hand. «Das tut mir wirklich leid. Manchmal muß man Sachen tun, die man nicht... Der Junge hat nämlich gesagt, sein Vater wüßte alles, und ich ging und wollte ihm die Mappe wegnehmen, aber er wollte sie nicht hergeben, und da gab ich ihm einen Schlag ins Genick, wie dem andern. Als ich klein war, holte mich meine Mutter immer zum Kaninchentotmachen. Ein Schlag und fertig.»

Er streckte die Hand nach Carvalhos Nacken aus, eine Hand voller Schwielen und Narben, die Hand eines vorsintflutlichen Tieres. «Sie haben mir nicht gesagt, wo meine Chelo ist. Ich habe ihr eine Handtasche gekauft, damit sie wieder froh ist.»

Er erhob sich, ging wieder zu seinem Matratzenlager und holte noch ein Paket unter der Matratze hervor. Er schlug das Papier zurück und brachte eine Handtasche von zweifelhafter Qualität zum Vorschein, die aber ganz hübsch war. «Wir sind mal am Schaufenster des Geschäftes stehengeblieben, und sie hat Chelo sehr gefallen.»

Carvalho sagte, sie sei sehr schön, und begann, sich zur Tür zurückzuziehen.

«Wo ist Chelo? Ich muß ihr die Tasche geben.»

«Was ich nicht verstehe, ist das mit den Veilchen. Wieso haben Sie ihm den Veilchenstrauß reingesteckt?»

«Ich habe sie gekauft.»

«Gut. Warum haben Sie sie ihm in den Hosenschlitz gesteckt?»

«Chelo mochte das Lied so gerne. Wenn sie Geschirr spülte

oder im Haus saubermachte, hat sie es immer gesungen... Schon als kleines Mädchen... Ihrer Mutter und mir blieb der Mund offenstehen, wenn sie das mit den Veilchen sang. Ich kaufte ihr Sträußchen und steckte sie ihr hinter dem Rücken der Mutter zu. ‹Da, nimm! Schnell!› Und sie nahm sie, ich weiß nicht wie... so geschickt. Plötzlich hatte sie die ganzen Veilchen in der Hand, und es war, als wären sie schon immer dort gewesen... Ich wußte nicht mal mehr, daß ich sie ihr gegeben hatte. Wo ist Chelo? Sie schämte sich zu Tode, als sie sich im Fernsehen sah, und ich hab drei Tage auf dem Klo geweint... Dann verging eine Zeit, aber sie war nicht mehr dieselbe. Sie kam nicht mehr mit in den Wald Schnecken sammeln und Thymian zum Saubermachen, und Sonntag nachmittags kam sie auch nicht mehr mit mir ins Kino... und so ging es weiter, bis ich eines Tages aufstand und in ihr Zimmer ging, wie jeden Tag, um zuzuschauen, wie sie aufwacht... weil sie immer so hübsch aussieht, wenn sie aufwacht. Sie macht Fäustchen, blinzelt und sagt immer dasselbe: ‹Wie spät ist es?› ...Sie sagt immer dasselbe, wenn sie aufwacht. ‹Wie spät ist es?› Sie war also nicht da an dem Tag, und ich hab sie in der ganzen Siedlung gesucht. In ganz Madrid. Und ihrer Mutter hab ich ein paar geknallt, weil sie mir nicht sagen wollte, wo sie war... Sie war weggegangen. Um sich zu verstecken. Dieser gemeine Kerl hat sie ganz durcheinandergebracht. Sie haben gesagt, Sie wissen, wo sie ist. Wo ist meine Chelo? Ich muß ihr die Tasche bringen!»

Carvalho konnte den Rückzug nicht durchführen, den er angetreten hatte. Die Tür zur Straße sprang auf, und herein stürmten, aufgeregt schreiend, *Madonno* und der *Sinanthropus*.

«Ich hab's mir doch gedacht, daß der Hurensohn hierhergekommen ist.» Das war die argumentale Linie von *Madonno*.

«Das ist ein Geier, der nach Aas sucht!» war der Redebeitrag des *Sinanthropus*. Carvalho hegte die Befürchtung, daß die Bestie erwachen würde, die im *Allmächtigen* schlummerte, wenn er sich mit ihnen anlegte, also paßte er sich etwas an. «Vielen Dank, Jungs, daß ihr mir Bescheid gesagt habt. Wir haben uns sehr interessant unterhalten, und ich habe ihm ein wenig Gesellschaft geleistet.»

«Dein Freund ist ein anständiger Kerl, *Sinanthropus*!» urteilte der *Allmächtige* zur Verblüffung der beiden Jungen. Dann zeigte er auf die Mappe, die auf dem Stuhl liegengeblieben war. «Kein Wort von mir oder von Chelo.»

Beim Anblick der Mappe begriff der *Sinanthropus* schließlich, was eigentlich passiert war, was gerade passierte und was noch passieren würde, und seine Dracula-Blässe steigerte sich zur Totenblässe. «Scheiße! Scheiße! Was hast du getan, du erbärmlicher Idiot!»

Die drei hatten eine ganze Menge miteinander zu klären, weshalb Carvalho die Verwirrung nutzte, um zu gehen und sich noch einmal und ein für allemal der Frage zu entziehen, die über die Lippen des *Allmächtigen* kam, als er die Schwelle des Haustors überschritt: «Wo ist meine Chelo?»

Er nahm eine Taxe und brauchte einen großen Teil der Fahrt zum Hotel, um den schlechten Geschmack im Mund loszuwerden, den die Szene hinterlassen hatte. Dann kämpfte er gegen das Einschlafen, und als das Taxi mit seiner Schnauze auf das Portal des «Palace» zeigte, wo ihn das beste Bett von ganz Madrid erwartete, lauschten seine Ohren dem Kommentar des Radiosprechers Luis del Olmo in der Sendung «Prominente». Vilariño war soeben entlassen worden. Der Regierungssprecher hatte es bereits bestätigt.

Der Taxifahrer nahm Carvalhos Befehl zum Umkehren gutwillig entgegen. «Nach Prado del Rey! So schnell Sie können! Wundern Sie sich nicht, wenn ich schnarche. Ich habe seit drei Tagen kein Auge mehr zugetan.»

«Das ist sehr schlecht für den Körper.»

Aber er schlief nicht ein. Er lehnte sich im Sitz zurück und beschwor den Schlaf. Vergebens. Statt seiner lief der Film ab, den er seit der *Visualisierung* von *La boda* erlebt hatte, und als einzigen Ton der ganzen Szene hörte er die bange, stammelnde Frage des *Allerstärksten*. Wo mochte Chelo sein? Das Gedicht fiel ihm ein, das ihm Inma gegeben hatte. Es steckte immer noch in seiner oberen Jackentasche. Er nahm es heraus und entfaltete es. *Gefühlvolle Lobrede auf die Anatomie* lautete der Titel.

Hay mujeres que hacen daño
en el pecho del que muere
                    al contemplar

la contención exacta de su carne
                                        la refrigeración
blanda de sus cabellos limpios
y el pretexto caedizo de sus ropas
                                        otras
tienen los ojos tristes pero hermosos
o un bello lomo para una torpe frente
                                        o dos piernas
sin cansancio muscular columnas
                                        de seguro cielo
otras sólo tienen
dos senos a punto de abrirse por su peso
de fruta por labios agostados
                                        para manos
sin otro mundo que llevarse al alma
                                        y en ocasiones
sólo un seno es hermoso sólo un hombro
sólo un vencimiento de la piel
                                        sólo los labios
pero siempre hay un hombre enamorado de tanto o de tan
poco
enamorado fugaz o consecuente ama
las pequeñas patrias de una noche
                                        sin clarines
frente a unos párpados cerrados murmullos
fracasadas sintaxis
                                        respetad las plantas
y los cuerpos donde al deseo se descansa
del infinito miedo a todos los olvidos

*

Es gibt Frauen die schmerzen
in der Brust dessen der stirbt
                                        beim Betrachten
der exakten Beherrschtheit ihres Fleisches
                                        der sanften
Kühle ihres frischen Haares

und des leicht fallenden Vorwandes ihrer Kleidung
andre
haben traurige aber schöne Augen
oder einen schönen Rücken bei häßlicher Frontseite
oder zwei Beine
ohne Ermüdung der Muskeln Säulen
eines sicheren Himmels
andre haben nur
zwei Brüste kurz davor sich zu öffnen durch ihr Gewicht
einer Frucht für ausgedörrte Lippen
für Hände
die keine andere Welt haben um sie sich zu Herzen zu nehmen
und gelegentlich
ist nur eine Brust schön nur eine Schulter
nur ein Anzeichen von Verfall auf der Haut
nur die Lippen
aber immer gibt es einen Mann der verliebt ist in so viel oder so wenig
flüchtig oder konsequent verliebt liebt er
die kleinen Heimatländer einer Nacht
ohne grelle Trompeten
gegenüber ein Paar geschlossene Lider Murmeln
gescheiterte Syntax
achtet die Pflanzen
und die Körper wo sich die Begierde ausruht
von der unendlichen Angst vor aller Art Vergessen.

Wenn er hätte schreiben können, hätte der Allmächtige ein Gedicht in dieser Art für Chelo geschaffen, für sein kleines Mädchen, bei der er zugesehen hatte, wie ihre kleinen Brüste knospten: die er begossen hatte, bis sie gereift waren, und das alles nur, damit irgendein Arschloch sie als Fernsehfleisch mißbrauchte. Als er nach Prado del Rey kam, stellte er fest, daß die Nachricht von Vilariños Entlassung nichts an der Skepsis der Empfangsdamen geändert hatte. Er meinte, aber auch nicht die leiseste Steigerung derselben feststellen zu können, als er Vilariños Person zum Ziel seines Besuches erklärte. Auch an den Vorlieben des Unternehmens schien sich *nichts geändert zu haben, denn in der Rezeption war an diesem Tag die Gruppe «La Asquerosa de tu Madre» von einer anderen, gleichwertigen Gruppe namens «Te destruiré Rodríguez»* abgelöst worden.*

Das Gebäude war auch noch dasselbe. Es sah immer noch so aus wie ein Fürsorgezentrum der Krankheitspflicht-Versicherung oder Pflichtkrankheits-Versicherung. Im Aufzug wurde auch über denselben Martínez wie beim vorherigen Mal geschimpft. Es wäre eigentlich der Mühe wert, diesen Martínez kennenzulernen. Was sich aber verändert hatte, war die Umgebung des Büros von Vilariño. Weniger Leute und weniger Argwohn gegen den Besucher, als interessiere es schon kaum noch, wer den gestürzten Häuptling besuchte. Als er ins Büro gelangte, stand Vilariño vor einer Fensterfront, eine Hand auf den Rücken gelegt, während die andere seinen Bart strich.

«Sic transit gloria mundi» war das erste, was er sagte, bevor er mutlos seufzte... Die Intonation der lateinischen Brocken war perfekt und die des Seufzers hervorragend, woraus Carvalho schloß, daß er an diesem Vormittag schon mehrfach geübt hatte.

«Rom bezahlt nicht für treue Dienste», rief Carvalho aus, um einen gewissen Grad von Solidarität auszudrücken.

«Ich habe meine Schiffe nicht ausgesandt, um gegen diese Elemente zu kämpfen.»

Vilariño schien die Begegnung zu einem Duell mit historischen Sentenzen machen zu wollen. Carvalho leerte die Taschen seines Gedächtnisses, und das einzig Gebildete, was noch herausfiel, war: «Der nächste Sommer kommt bestimmt.»

« Un jour reviendra le temps des cerises!»

Er mußte den vielen Registern weichen, die Vilariño zog, und Carvalho entschied sich für schweigendes Verharren in Erwartung der Leitsätze des Gestürzten.

«Was sind das für Zeiten, lieber Carvalho, in denen Treue mit null und nichts vergolten wird – mag sie auch, wenn sie übergroß, bedingungslos ist, wie Untreue erscheinen. Ich opferte ein Teil meiner Überzeugungen und meiner historischen Ziele, um die Demokratie zu festigen und eine sozialistische Utopie zu verwirk-

* «Ich werde dich vernichten, Rodríguez!»

lichen, die notwendigerweise eine konsolidierte Demokratie voraussetzt. Was ist mein Lohn? Ich werde den Löwen der Rechten zum Fraß vorgeworfen, damit sie mich zerfleischen und dabei eines der wenigen zutiefst demokratischen Feldzeichen vernichten, die dem spanischen Sozialismus noch geblieben sind. Republik, das heißt *ratio*, und mich entläßt man, weil ich rational bin, der rationalen Moral diene und essentiell republikanisch gesinnt bin, obwohl ich dieser Monarchie, dieser gekrönten Demokratie in Treue diene, die durch die Verfassung von 1978 geheiligt ist.»

Er sprach in einem Atemzug und ohne ein einziges Mal irgendwelche Aufzeichnungen zu Rate zu ziehen, wie Carvalho beobachtete. Er sagte aber nichts, denn Vilariño setzte sein moralisches Sendschreiben an Fabius fort.

«Zeiten werden kommen, in denen das Ruhmreiche darin liegen wird, nicht über die mittelmäßige Hoffnung derer hinauszuragen, die kaum etwas erhoffen. Aber ich erhoffe alles, und deshalb gab ich alles – alles opferte ich auf dem Altar eines demokratischen Vaterlandes! Wollt ihr mich auf den Scheiterhaufen werfen? Dann werft mich auf den Scheiterhaufen! Ich selbst werde es sein, der seine eigenen Kleider anzündet, wenn ihr mich überzeugt, daß dieser Scheiterhaufen die knapp gewordene Luft der bürgerlichen Gesellschaft reinigen wird... Aber nein. Ich bin der Zehnte, der gefährliche Zehnte, den die sozialistische Souveränität den Schakalen der Rechten bezahlt. Dank, daß du kamst, um dich zu verabschieden, Pepe. In solchen Situationen erweist sich, wer ein Freund ist.»

Er stürzte sich auf Carvalho und umarmte ihn männlich, also energisch und kurz, aber total, voller Bedeutung. Carvalho war überrascht, denn die Umarmung schien die Begegnung abzuschließen, also eine Audienz zu beenden, die seiner Meinung nach noch gar nicht begonnen hatte. Vilariño war vor die Fensterfront zurückgekehrt, um sich wieder eine Hand auf den Rücken zu legen und mit der freien Hand seinen Bart eines Kondottiere zwischen den Weltkriegen zu streichen. Er schien den nächsten Besuch und mit ihm die Gelegenheit zu einem erneuten «*Sic transit gloria mundi*» zu erwarten. Carvalho und er blieben ein paar Minuten stehen, ohne etwas zu sagen, bis sich der Ex-Generaldirektor umdrehte und zum Zeichen seines offensichtlichen Befremdens eine Braue hob.

«Ist noch etwas?»

«Ja. Der Mord an Araquistain.»

Mit dem sanften Klaps einer Hand auf seine Stirn schien Vilariño die trübende Wolke entfernen zu wollen, die verhindert hatte, den Grund der Begegnung mit Carvalho zu erraten. «Potzdonner! Richtig! Haben Sie irgendein Licht in die Sache gebracht?»

«Vollkommen. Ich weiß bereits, wer der Mörder ist.»

Vilariño musterte Carvalho inquisitorisch und wischte plötzlich etwas in der Luft aus. «Nein! Nein, ich will es nicht wissen. Ich habe dich engagiert, weil es meine Pflicht war, es zu erfahren. Jetzt soll keine so schreckliche Enthüllung mein Gewissen belasten! Sag es meinem Nachfolger!»

«Ich könnte in zwei Minuten alles erklären.»

«Schreib einen Bericht und gib ihn Cifuentes! Er muß zu den Übergabepapieren. Nichts Menschliches ist mir fremd, aber ist ein Verbrechen vielleicht etwas Menschliches? Vielleicht ja, doch. Menschlich. Allzu menschlich.»

Wieder war für ihn die Audienz beendet, und wieder nahm er die Stellung des scheidenden Direktors ein, der über die Eitelkeit des Ruhms dieser Welt nachsinnt. Diesmal hielten sich Unverschämtheit und Aufregung die Waage, als Carvalho ausrief: «Da ist noch eine winzige Kleinigkeit: das Honorar!»

«Sehr richtig! Allerdings wirst du dich sputen müssen, denn Geldangelegenheiten dauern ihre Zeit in diesem Hause – und da die Akte an meinen Nachfolger übergeht, wird er möglicherweise den Auftrag für einen geistigen Luxus halten, den ich mir geleistet habe, oder etwas Derartiges. Er kommt mit einer Axt. Er kommt, um die alte Kastanie Vilariño abzuhacken, und vertraut auf das Schweigen im Walde. Hast du *Der belebte Wald* von Wenceslao Fernández Flórez gelesen? Lauf! Auf zu Cifuentes und rette deine Peseten! In diesem Haus ist ein Fünfer in der Hand besser als jeder Hunderter auf dem Dach!»

Er hatte es geschafft, ihn mit dem Gefühl der Dringlichkeit anzustecken, weshalb er eine Art Abschiedsformel stammelte und mit dem Ruf «Cifuentes!» ins Vorzimmer stürmte. Er brauchte eine Stunde, um ihn auf den Fluren zu finden, wo er seine nächste Zukunft aushandelte, denn er rechnete damit, daß die neuen politischen Chargen in der Absicht kommen würden, ihn in sein Dasein als Ex-*script*, Ex-Drehbuchautor, Ex-Regisseur, Ex-Subdirektor und Ex-Irgendwas zurückzukatapultieren.

«Es gibt eine sehr gute freie Stelle als Assistent für Tierprogramme. Es riecht ein bißchen nach Sklaverei, weil man viele Nächte wach bleiben muß, und mehr als einmal hat eine dieser Bestien schon jemanden gezeichnet. Aber sie bezahlen Sonderzulage und Auslösung. Wenn man in diesem Hause nämlich beim normalen Gehalt hängenbleibt, muß man seine Zigaretten auf Raten kaufen.»

Er verstand Carvalhos Eile, zu seinem Geld zu kommen, und stellte ihm alle erforderlichen Bescheinigungen aus. «Und wie begründe ich das jetzt? Sonderberatung, beispielsweise... Oder besondere Dienstleistungen...»

«Vielleicht für republikanische Vettern.»

«Wollen wir kein Öl ins Feuer gießen!»

«Vilariño meinte, ich solle einen Bericht schreiben.»

«Vielleicht, aber reißen Sie sich kein Bein aus! Wenn Sie es so schaffen, zu Ihrem Geld zu kommen, reißen Sie sich kein Bein aus! Hier wird einem das nicht gedankt!»

«Interessiert es Sie nicht, wer Araquistain umgebracht hat?»

«Mich hat es eigentlich noch nie interessiert. Es war Vilariño, der hartnäckig darauf bestand. Wozu ist die Polizei da? Er befürchtete eine Verschwörung, um ihn zu stürzen und die Idee vom Privatfernsehen zu verkaufen – als ob dafür Verschwörungen nötig wären! Dieser Mann überschlägt sich vor Naivität!»

Zunächst machte sich der Kassierer nicht einmal die Mühe, die Bescheinigungen zu lesen. «Kommen Sie am Zwanzigsten oder geben Sie uns Ihre Kontonummer für die Überweisung!»

«Ich nehme das Geld lieber persönlich in Empfang, und am Zwanzigsten kann ich nicht noch einmal kommen.»

Es genügte nicht, daß Cifuentes ins Inferno der Bürokratie herabstieg, um Carvalhos gewagtes Ansinnen zu unterstützen. Vilariño selbst mußte sich für einige Minuten von seiner Fensterfront losreißen und seine stoische Haltung aufgeben, um einen schneidenden Befehl zur Zahlung ins Telefon zu bellen. Um zwei Uhr nachmittags ließ der Scheck Carvalhos Herz schneller schlagen, als er sich von einem offiziellen Chauffeur zu dem kleinen Hotel von Sánchez Bolín bringen ließ. Diesmal schleppte ihn der Schriftsteller direkt in die Küche, aber die ausgebreiteten

Grundstoffe und Werkzeuge taten kund, daß er nicht an einem *oreiller de la belle Aurore* arbeitete.

«Ich nehme an, ich kann es. Es ist kein offenes Prüfungsfach mehr, und ich habe beschlossen, den Yorkshire-Pudding auf den Herbst zu verschieben. Jetzt reizt mich etwas Leichtes: Rotbarbenfilets mit Rindermark und Kirschtäschchen Lamartine, zwei Rezepte des großen Troigros. Troigros war nicht so im Gespräch wie Bocuse oder Gheroard, aber er ist groß, sehr groß. Es ist wunderbar, die Rotbarbenfilets mit einer Pinzette zu entgräten. Entscheidend sind die Festigkeit der sautierten Filets, das Bouquet des Rindermarks und des Burgunders. Und zum Dessert unbedingt ein Kirschenkompott und Briochetäschchen. Im Einfachen liegt die Schwierigkeit. Wollen Sie mir helfen?»

«Ich habe keine Zeit, und die *Nouvelle cuisine* ist nicht mein Ding. Ich komme aus dem einfachen Volk. Ich bin bei der häuslichen Küche geblieben. Aber mit einem Training, das auf dieser Art von Menü beruht, werden Sie es nie schaffen, den *Ulysses* von Joyce zu schreiben.»

«Im Moment reizt mich ein guter Kundera mehr. Diese Rotbarben mit Rindermark werden ein ausgezeichnetes Training für das Schreiben eines Kundera sein.»

«Ich weiß jetzt, wer Araquistain umgebracht hat.»

«Ach?»

Er hantierte weiter mit seinen Töpfen.

«Interessiert es Sie nicht?»

«Wenn es mich nicht einmal in meinen Romanen interessiert, wie sollte es mich dann in Wirklichkeit interessieren?»

Biscuter und Charo interessierten sich dafür um so mehr für die Geschichte. Sie hatten ihm mittels eines Abendessens im «Aracata» einen Hinterhalt gelegt: *ein Stockfischpüree à la catalana in den Farben Kataloniens und Ente mit Himbeeren; zum Abschluß der Feierlichkeit eine Crema Montse*. Biscuter trug einen Anzug, den er vor kurzem beim fünften oder sechsten Schlußverkauf der Saison erstanden hatte, und Charo strömte über von Rochas, denn Carvalho hatte ihr irgendwann gestanden, er trauere jenem starken und seidigen Duft von Essenzen nach, den die Damen von dazumal verströmten, wie einen Lockruf in bereitwilliges Schummerlicht. Beiden, Charo und Biscuter, tat der *Allmächtige* viel mehr leid als jede andere Gestalt der Geschichte. Wer als Verlierer oder Opfer geboren wird, dem gefallen Leute, mit denen man Mitleid haben kann, und ob er für Helden oder Antihelden Partei ergreift, steht in direktem Verhältnis zu dem Mitleid, das sie bei ihm erregen. Der Corpsgeist der Verlierer war immer der schwächste aller Corpsgeister, und deshalb überraschte es Carvalho nicht, daß Monate später ein Lied der «Ejecutados Agresivos» in der nationalen Hitparade einen der ersten Plätze erreichte. Es hieß «Der Allmächtige».

Busca su chica
con manos de plomo
y cosquillas en el corazón
el más poderoso.

A cara de perro
por los descampados
ladra palabras de amor
el más poderoso.

Recuerda aquel día
la hierba crecía
en los campos del edén.

*

Er sucht sein Mädchen
mit bleiernen Händen
und Herzflimmern
der Allmächtige.

Mit Hundeblick
auf den Müllhalden
bellt Liebesgeflüster
der Allmächtige.

Er erinnert sich an den Tag
an dem Gras wuchs
auf den Feldern Edens.

Von Vilariño hörte man nicht mehr viel, und was Araquistain betraf, so wurde ihm eine Ehrenmonographie auf dem Filmfestival von San Sebastián gewidmet. Jemand behauptete, er sei der eigentliche Begründer des neuen baskischen Films, und die ETA nutzte den festlichen Anlaß, um vor einer Kaserne der Guardia Civil eine Autobombe hochgehen zu lassen.

Tödliches Rendezvous im «Up and Down»

«Das erstaunliche ist nicht, daß dieser Tote gefunden wurde, Señor Carvalho, sondern, daß man in seiner Tasche ein Kärtchen unseres Hauses fand und auf der Rückseite eine kleine Skizze der beiden Stockwerke und die Notiz: ‹Up and Down›, sechster, zehn Uhr dreißig.»

«*Up and down*, rauf und runter... Was soll das heißen?»

«Wie ich Ihnen bereits zu Beginn unseres Gespräches erläuterte, komme ich von ‹Up and Down›, einem Vergnügungslokal Barcelonas, exklusiv, mit zwei Stockwerken. Im oberen kann man sich unterhalten, Musik hören, etwas trinken oder essen... also ein Stockwerk für Ältere; das untere ist für junge Leute gedacht, Leute, die Bewegung brauchen: Rock, Videos, viel Elektronik.»

«Gutbetuchte Leute?»

«Wenn Sie so wollen.»

«Und der Tote?»

«Ein armer Schlucker, der nicht einmal das Schwarze unter den Fingernägeln sein eigen nennen konnte.»

«Er war also kein Stammgast Ihres Hauses.»

Überlegenes Lächeln, das nicht erwidert wurde und eine gewisse Ungeduld ausdrückte. «Unsere Klienten sind Ergebnis einer Auswahl. Ein hergelaufener Zuhälter mit einem langen, aber schmutzigen Strafregister wäre nicht über unsere Schwelle gekommen.»

«Auch nicht im Smoking?»

«Eine Kutte macht noch keinen Mönch.»

«Was haben Sie an den Türen des ‹Up and Down›, Schutzengel oder eine Tochter von Rainier de Monaco mit einer Liste des Gold-Gotha in der Hand?»

Er war offensichtlich nicht gewillt, die Geheimnisse des Hauses preiszugeben, denn er schloß die Augen und wartete, daß etwas von Carvalhos Lippen kam, das ihn interessierte. Die haben keinen Humor, oder mein Humor ist nicht der ihre, dachte Carvalho und beschloß, sich auf die Rolle des Privatdetektivs zu beschränken, der einen Auftrag annimmt.

«Wollen Sie selbst meine Dienste in Anspruch nehmen?»

«Tatsächlich komme ich im Auftrag des bevollmächtigten Beraters des Hauses, Señor Regas. Kennen Sie Oriol Regas?»

«Ich kenne kaum Leute. Wie kommt es, daß er einen Unterhändler schickt?»

«Wir möchten Ihre Dienste als Präventivmaßnahme in Anspruch nehmen. Der Polizei gegenüber hat Señor Regas die Bedeutung dieser Notiz heruntergespielt. Es war eine Visitenkarte wie diese hier.»

Eine schwarze Postkarte: «Ab Oktober ... ist der Mittwoch im ‹Up and Down› anders ... im ‹Down› bringen wir mehr Sevillanas und das ‹Up› nähert sich dem ‹Down› ...»

«Sevillanas?»

«Ein Zeitvertreib, den wir organisiert haben. In Barcelona finden Sevillanas großen Anklang ...»

«In den Vierteln, wo die Andalusier wohnen, nehme ich an.»

Offensichtlich mußte der Unterhändler auf Geduldsreserven zurückgreifen, die er selbst schon vergessen hatte. «Es versteht sich von selbst, daß diese Andalusier, von denen Sie sprechen, das ‹Up and Down› nie betreten. Es handelt sich um junge Stammgäste unseres Hauses, die für Sevillanas begeistert sind, einen Tanz der Creme der spanischen Aristokratie. Beispielsweise die Duquesa von Alba. Kennen Sie auch die Duquesa von Alba nicht?»

«Ich glaube, Sie ist auf einem Schlachtengemälde zu sehen.»

«Das war der Duque von Alba, und er betrachtet seit mehreren Jahrhunderten die Radieschen von unten.»

Der Unterhändler und Carvalho hatten weder gemeinsame Freunde noch Gesprächsthemen.

«Und der Sechste, auf den sich die Notiz bezieht, ist der Mittwoch ...»

«In der Tat ...»

Er war ehrlich erstaunt über Carvalhos Scharfsinn. «Wie haben Sie es erraten?»

«Weibliche Intuition, außerdem habe ich einen Kalender an der Wand hängen, genau hinter Ihrem Rücken.»

Das Gesicht des Unterhändlers war vor Ärger rot angelaufen, als er sich wieder Carvalho zuwandte, nachdem er sich von der Existenz des Kalenders überzeugt hatte.

«Wir gehen davon aus, daß Sie mit äußerster Diskretion vorgehen werden. Das und nichts anderes ist der Grund, der Señor Regas veranlaßte, gegenüber der Polizei die Sache zu verharmlosen. Es ist nicht ausgeschlossen, daß sich die Polizei einschaltet, aber wir sind an einer parallelen Ermittlung interessiert, die uns Informationen liefert, und zwar möglichst, bevor die Polizei sie bekommt. Ein Haus wie das unsere kann sich keinen Skandal leisten. Ich habe Ihnen die Nummern einer Zeitschrift mitgebracht, die wir halten, damit Sie sich ein Bild von unserer Welt... unseren Gästen... und ihrem *Lifestyle* machen können.»

Auf Carvalhos Tisch öffnete sich ein Kartenspiel von teuren Zeitschriften. Sie rochen nach teurem Papier; alles, was darin gezeigt wurde, sah teuer aus, die Personen eingeschlossen, besonders die Frauen mit Beinen der Superklasse, proteinreichen Beinen im Dienste von hervorragend ausgestatteten Körpern. Eine schön verpackte Welt. Es war eine Zeitschrift für Verpackungen von Personen und Gegenständen.

«Ich müßte mir das Lokal vor dem Sechsten ansehen, also morgen, Dienstag, und zwar möglichst zu einer Zeit, wenn keine Gäste da sind.»

«Ich erwarte Sie um sieben Uhr abends am Eingang des ‹Up and Down›.»

«Ich habe Ihren Namen vergessen.»

«Tato Daurella i Plegamans.»

Wenn sich jemand nach seinem vierzigsten Geburtstag weiterhin Tato nennt, dann hegt er eine große Zuneigung zu sich selbst, dachte Carvalho, sagte es aber nicht, unter anderem, weil der Unterhändler ihm einen Scheck über hunderttausend Peseten unter die Nase gelegt und, bevor er ging, hinzugefügt hatte: «Wenn alles vorbei ist, bekommen Sie weitere hunderttausend.»

Der Tote hieß José Velez Ciento alias «El Chota», das heißt «der Spitzel». Irgend etwas mußte er in seinem jämmerlichen Leben getan haben, um diesen Spitznamen verliehen zu bekommen, aber was er getan hatte, war von derselben relativen Bedeutung wie alles, was mit der Existenz eines Gauners zu tun hatte, dessen größter Coup der Überfall auf ein Kino in Lérida gewesen war, wo es nichts anderes zu erbeuten gab als zehn Kilo Bonbons, die für die Vorstellung am nächsten Tag gedacht waren. Carvalho ließ sich von Bromuro, seinem gewohnten Informanten, die Schuhe putzen, dessen Reflexe und Bekannte seit einiger Zeit etwas nachgelassen hatten. «Die Zeiten ändern sich, Pepiño, und ich bin nicht mehr in dem Alter, um mich mit dieser ganzen Mafia anzulegen. Ich werde sehen, was ich tun kann.»

«Aber bald! Heute nachmittag.»

Er aß flüchtig und aufs Geratewohl in den Kneipen des Barrio Chino, ein Essen mit zuviel Altöl und Knoblauch. Er wollte, während er auf Biscuter wartete, lieber flanieren, als ins Büro zurückkehren, wo ihn eine von Biscuters Notmahlzeiten erwartete: *ropa-vieja** in Tomatensauce, mit geriebenem Käse gratiniert. Der Mangel an Klienten und daher an Fällen ließ es geraten erscheinen, die Reste zu verwerten, und Biscuter hatte ein unerschöpfliches Repertoire an knauseriger sogenannter Volksküche. Bromuro erschien pünktlich zur verabredeten Zeit, pünktlich und perplex.

«Pepiño, es gibt keinen, der mich versteht! Manchmal soll ich dir den Mond vom Himmel holen, und manchmal verlangst du so einen Schwachsinn wie diesen. Dieser Typ war ein armes Schwein, und die größte Tat seines Lebens war, daß er sich mit sechs Messerstichen umbringen ließ. Außerdem ein völlig idiotischer Tod. Ein Streit um ein Weib, um eine Nutte aus der Calle de Escudillers. Der Streit ist womöglich um so idiotischer, weil ‹El Chota› ein schwuler Macker von der gefährlichen Sorte war, der manchmal auch Männer aushielt. Kleine Gauner, die er im Knast kennenlernte. Er ging im Modelo-Gefängnis aus und ein wie du in den Luxusrestaurants.»

«Ich gehe nicht mehr in Luxusrestaurants, Bromuro. Schlechte Zeiten.»

* gekochtes Rindfleisch

«Warum interessierst du dich für ‹El Chota›?»
«Jeder Mann ist, wofür man ihn hält, und genauso das glatte Gegenteil.»
«Das ist weise, Pepiño, sehr weise. Also, mich hält man für einen Schuhputzer, und in Wirklichkeit bin ich Kapitän der Flandrischen Regimenter.»
Bromuro war zum Fürchten, wenn er einen Anfall von historischem Imperialismus bekam und sich an seine Heldentaten in der Falangistendivision an der russischen Front erinnerte. Carvalho gab ihm dann fünf Minuten, um sich selbst auf ein Podest zu erheben, und überließ ihn unter irgendeinem Vorwand seinen Erinnerungen oder Gespenstern. Jeder Mensch hat ein Recht auf fünf Minuten Träumerei, in denen er auf sich selbst stolz sein kann. Das war eine Maxime, der Carvalho nur bei Verlierern folgte. Die andern haben es nicht nötig, sich Podeste zu erfinden. Sie kaufen sie sich. Bei diesen Gedanken fiel ihm siedendheiß die Verabredung mit Tato ein, und er jagte los, über alle Schranken hinweg, die den Süden Barcelonas vom Norden trennen, durch alle Städte, die es in ein und derselben Stadt gibt, alle Archäologien derselben historischen Bemühung um ein kollektives Leben. Inmitten neuer Architektur und jenseits der definitiven Grenze der Diagonale parkte Carvalho vor dem «Up and Down», einem okkultistischen Bau, der sich bemühte, sein Inneres hinter dem Schein eines Luxusschuppens zu verbergen. Das Gesicht des Portiers, der ihm riesig erschien, wie die ganze Perspektive der Tür, war nicht gerade freundschaftlich.
«Wohin wollen Sie, Señor?»
Obwohl das Wort «Señor» mit wenig Überzeugung ausgesprochen wurde, tat er, als hätte er es gehört.
«Ich bin mit Tato verabredet.»
Der Portier hob die Brauen, als verstehe er seine Sprache nicht, aber schon tauchte hinter ihm aus dem Dunkel der Unterhändler auf. «Es ist für mich.»
Lächelnd grüßte ihn der Portier. «Zu Diensten, Señor Daurella.»
Daurella raunte an Carvalhos Ohr: «Nächstes Mal nennen Sie meinen Familiennamen! Wie soll mich denn der Portier als Tato erkennen?»

«Ich dachte, Sie lieben Ihren Taufnamen.»

Sie gingen durch die Empfangshalle, in die die Treppen zum «Down» und die Türen zum «Up» mündeten. Für die älteren Herrschaften ein beruhigendes Lokal mit gedämpftem Licht und separaten Tischen, wo man sich gut unterhalten, aber auch schweigen konnte; Tresen, um den Ellbogen im Smoking aufzustützen, aber völlig ungeeignet für Sportsakkos mit lederverstärkten Ellbogen. Malerisches Flaschenregal, wie vom Innenarchitekten entworfen; Gold, Lackschwarz, gedämpftes Braun – ein Bau für das Happy-End am Feierabend. Im Untergeschoß der Kontrast einer domestizierten elektronischen Revolution für junge Leute, die in zehn Jahren das sedierende Halbdunkel im oberen Stockwerk erben würden. Musikvideos, streng visuell, fast so viele Werbespots wie mögliche Zielgruppen, Light-Show aus der Science-fiction der Light-Show, ein glänzendes und absolutes Schwarz als Hintergrund für leuchtende Phantasmen aller Art und angemessener Spiegel für die weiße Schwärze einer auf konventionelle Art aggressiven Musik.

«Wo werden die Sevillanas gegeben?»

«Unten.»

«Werden sie nur von den jüngeren Leuten getanzt?»

«Ganz und gar nicht. Unter den Damen des Obergeschosses befinden sich ausgezeichnete Tänzerinnen. Eine regelrechte Leidenschaft ist ausgebrochen, und viele von den Gästen nehmen unter der Woche Unterricht in andalusischem Tanz.»

«Sie sagten mir, auf dem Kärtchen, das man bei dem unglücklichen Toten fand, sei der Plan des Hauses skizziert gewesen. Haben Sie diese Zeichnung?»

«Die Polizei hat sie einbehalten, aber ich kann Ihnen einen technischen Plan des Lokals anbieten.»

Er verschwand mit gymnastischem Gang, der auf dem ausgeklügelten Bodenbelag des Lokals kein Geräusch verursachte. Er hatte ihm nichts zu trinken angeboten, und Carvalho schien es zwecklos, etwas zu bestellen, denn noch zeigte sich kein Kellner hinter dem Tresen. Er kam mit zwei Plänen zurück, die er auf einem Tisch ausbreitete.

«Es dürfte schwerfallen, sich in diesem ganzen Labyrinth zurechtzufinden. Das Lokal ist sehr groß.»

«Ich nehme an, die Polizei ist hier in der Nähe. Fallen Sie um Gottes willen nicht auf!»

«Wir tragen keinen Trenchcoat mehr.»

«Im übrigen wissen unsere zuverlässigsten Angestellten Bescheid, und wir verlassen uns auf Sie, vor allem auf Sie! Sie sind Profi, und das muß sich bemerkbar machen.»

«Postieren Sie einen vertrauenswürdigen Mann in jedem Kreis, den ich auf dem Plan einzeichne! Wir haben den Vorteil, daß auf der Skizze eine konkrete Uhrzeit angegeben war, halb elf. Rechnen Sie für das Abendessen mit mir?»

«Es wäre besser, wenn Sie nach dem Abendessen kommen.»

«Verstehe. Sie sind offen.»

Er plante für den Vormittag, die Biographie von «El Chota» zu vervollständigen, seinen Kontaktmann aufzusuchen, der ihm die Kisten mit katalano-dominikanischen Zigarren Marke Cerdán verkaufte, Biscuter zu versprechen, daß er seinem Tagesmenü die nötige Ehre erweisen werde, einem Pudding von Kalbsbries mit Pilzen à la Luis Irizar – ein Rezept, das er von einem Ausschnitt aus einer Zeitschrift abgeschrieben hatte, welchen Carvalho einmal in einem Restaurant mitgehen lassen hatte, das in dieser Zeitschrift empfohlen wurde. Jeder Exhibitionismus hat seinen Preis. Außerdem mußte er Charo beruhigen, die wenig bereit war, die stillen, trüben Zeiten seiner Abwesenheiten zu ertragen. Eines schönen Tages würde die Beziehung zu Charo zu Ende gehen oder schwierig werden; es war absurd, eine alte Anhänglichkeit ohne Gefühl aufrechtzuerhalten und sogar Abscheu vorzutäuschen, nur um keine Gleichgültigkeit zu zeigen.

«Ich bin mit einem Fall in der Oberstadt beschäftigt.»

«Endlich bist du ein Luxusdetektiv geworden.»

«Meine Klienten kommen fast alle aus der Oberstadt und die Opfer aus der Hafengegend. Ich war schon immer gut situiert. Wenn alles vorbei ist, lade ich dich ins ‹Up and Down› ein.»

«Was soll das nun wieder sein?»

«Ein feines Lokal, wo man die Schritte nicht hört und wo man, wenn man will, nicht mal sich selbst hört. Aber man kann auch tanzen. Alles mögliche. Zum Beispiel Sevillanas!»

«Bring mich hin, Pepe! Du hast mich noch nie Sevillanas tanzen sehen, und ich kann eine ganze Menge Schritte!»

Es würde ein zwiespältiges Erlebnis werden, Charo im Rhythmus der Sevillanas wirbeln und mit der Duquesa von Alba konkurrieren zu sehen. Der Tag fing nicht gut an. Der Zigarrenlieferant erschien nicht am Treffpunkt; Biscuters Pudding war strohtrocken, und das Bries und die Pilze schmeckten nicht, wie sie sollten; aber Bromuro gab ihm die Namen von drei «Freunden», die zu den letzten gehörten, die «El Chota» ausgehalten hatte. Einer verbüßte eine Strafe für einen Raubüberfall, ein anderer tingelte als Transvestit durch Belgien, und der Aufenthalt des dritten war nicht bekannt, aber er wurde *Redford* genannt, weil er Robert Redford so ähnlich sah, daß er sogar dieselben Mitesser wie dieser im Gesicht hatte. Das hatte die Kellnerin des «Loro Azul» bestätigt: «So süße kleine Mitesserchen, die man mit Küssen auffressen könnte... genau solche!»

Abscheulich!

Um zehn Uhr abends stand er vor dem Luxusschuppen, und der Portier ließ ihn ohne weitere Warnsignale, als mit der Wimper zu zucken, eintreten. Daurella saß in der Eingangshalle und sprang auf, als er ihn kommen sah. «Endlich! Ich hatte mich darauf verlassen, daß Sie früher als vereinbart kommen würden!»

Er war nicht allein. Neben ihm blieb ein Mann sitzen, der wie der Boss eines Spielkasinos aus einem Bogart-Film aussah, nur daß bei ihm Überdruß und Melancholie noch schärfer akzentuiert waren.

«Señor Regas wollte Sie kennenlernen.»

Er schien nicht sehr begeistert, ihn kennenzulernen, gab sich aber Mühe, es zu verbergen, und legte sogar ein gewisses Interesse in die Stimme, mit der er um Erläuterung seiner Pläne bat.

«Um zehn Uhr dreißig dasein, überall präsent sein und abwarten, was geschieht.»

«Finden Sie, das genügt?»

«Entweder das, oder Sie schließen das Lokal an diesem Abend.»

«Das wäre unmöglich, ohne eine Erklärung zu geben, und wir haben kaum eine Erklärung.»

Der Melancholische machte sich seine eigenen Gedanken, sagte sich Carvalho, während Daurella versuchte, sich wieder in die

Hauptrolle zu drängen, indem er alle Männer aufzählte, die er mobil gemacht hatte, und betonte, er selbst habe sich den kritischsten Punkt vorbehalten: die Aufenthaltszone um die Tanzfläche im «Up». Dort gab es meist nur vereinzelte Zuschauer, während zwischen den Tischen der Restaurantzone immer viel Betrieb herrschte.

Carvalho lehnte sich mit dem Rücken an die Hauptbar, so daß er die Eßtische und die Tanzfläche überblicken konnte. Er bestellte einen dreißig Jahre alten Kenokando, ohne Eis, ohne Soda, und es gab keinen dreißig Jahre alten Kenokando.

«Dann geben Sie mir irgendeinen Whisky mit Eiswürfeln, aber ohne Soda! Wenn Sie keinen Kenokando haben, brauchen Sie nicht nach der Marke zu fragen, mein Lieber!»

Was ein Barkeeper so alles schlucken muß, dachte Carvalho. «Welche Gäste sind die schlimmeren, Zufallsgäste wie ich oder die Stammgäste?»

Der Barkeeper hatte zweifellos einige Kurse in der Hohen Schule der Diplomatie absolviert, denn er antwortete: «Alle Gäste dieses Lokals sind wundervoll.»

Hut ab! Wundervoll und Stammgäste, dachte Carvalho, während er die an den Eßtischen der Reihe nach musterte. Er versuchte, ein paar von den Gesichtern, Beinen und Verpackungen aus den Zeitschriften wiederzuerkennen, die ihm der Unterhändler gegeben hatte. Ohne den Grund zu kennen, blieben seine Augen bei einem Tisch mit zwei Paaren aus einem Werbespot für Brühwürfel stehen, die armen Leuten mit dem raffinierten Argument schmackhaft gemacht wurden, daß auch die Reichen damit kochen. Sie sahen aus wie Lateinamerikaner auf Europareise – genauer gesagt, wie Lateinamerikaner auf Europareise in Hollywoodfilmen aussehen. Besonders genau betrachtete er eine olivhäutige Kreolin mit dem Mund einer fleischfressenden Pflanze, einer scheinbar tragen, aber hungrigen Seegurke. Mitten in dieser Betrachtung wurde er von dem plötzlichen Lichtausfall überrascht und sah noch das Bild dieser Frau und ihrer Gruppe vor seinen verdunkelten Augen, als er den Drang verspürte, auf der allerdirektesten Linie, die er ahnen konnte, zu ihrem Tisch zu eilen. Er stolperte gegen die Abschrankung der Eßzone, folgte seinem Drang und übersprang das Hindernis, worauf er zwischen die

Eßtische fiel. Da war ihm, als hörte er zwischen verdunkeltem Lachen und überraschten oder belustigten Kommentaren einen erstickten Schrei zu seiner Linken, und als er dorthin stürzte, prallte er gegen einen kräftigen, elastischen Körper, der ihm einen Stoß versetzte und ihn in die vollen Teller auf einem der Tische schickte. Er schüttelte die vermutlichen Essensreste, die Protestrufe und die ihn umgebende Dunkelheit ab und versuchte, die Richtung des Tisches der Lateinamerikaner wiederzufinden, als das Licht wieder aufflammte. Im Bruchteil einer Sekunde hatte er alles gesehen. Die Frau mit dem fleischigen Mund lag mit der Stirn im Teller, als wolle sie den lauwarmen Tintenfischsalat zerquetschen, und die offensichtliche Tatsache, daß sie tot war, brauchte eine ganze Minute, um ins Bewußtsein ihrer Tischgenossen zu dringen. Noch länger dauerte es, bis sie sich im ganzen Raum verbreitet hatte, in dem Carvalhos Blick nur eindeutigen Stammgästen, den gewohnten Kellnern und dem gewohnten Daurella begegnete, dessen entgleiste Gesichtszüge den unangenehmen Eindruck eines Versagers vermittelten.

Die Zeitungen berichteten über das Verbrechen im «Up and Down» und fügten eine Erklärung von Señor Oriol Regas bei, in der er betonte, die Ermordete sowie ihre Begleiter seien Unbekannte gewesen, keine Stammgäste, und das rätselhafte Verbrechen sei mit ihnen gekommen und mit ihnen wieder gegangen. Das Opfer hatte einen Namen. Flor Picarabea Ghilmetti, kolumbianische Staatsangehörige wie ihre Begleiter. Es waren vier Freunde, die als Touristen durch Europa reisten, und die drei Überlebenden erklärten ihre Ratlosigkeit über die Hintergründe des Ereignisses. Die Tatwaffe war ein Skalpell, genau am tödlichsten Punkt in den Nacken gestoßen, was ein gewisses Training voraussetzte. Die Polizei verhörte den Stab des Hauses, zog neue Schlüsse aus dem Kärtchen, das in den Taschen von «El Chota» gefunden worden war, und es gelang Carvalho, Tato sichtbar zu irritieren, als er ihm sagte, die Lösung des Rätsels bestehe darin, einen Mann zu finden, der wie Robert Redford aussehe, und man müsse ihn in jedem Auto suchen, das die Stadt verließ, und in jedem Winkel der Stadt, wo sich ein Mann verstecken konnte, der wie Robert Redford aussah. Offensichtlich hatte Tato Daurella nicht denselben Humor wie Carvalho, und er hielt es für ein Zeichen von Unfähigkeit, daß der Detektiv mit dem Mörder in der Dunkelheit gekämpft, aber nicht mehr erreicht hatte, als vier Gästen das Essen zu verderben.

Die Türsteher erinnerten sich an keinen Mann, der wie Robert Redford aussah; wer ihm noch am ehesten glich, war ein Neurochirurg, der in dieser Nacht mit einer Frau das Lokal besucht hatte, an deren Namen er sich nicht erinnerte, obwohl er sie zunächst als seine Cousine ausgab. Nachdem die Situation in einem Gespräch «unter Männern» geklärt war, schied die Spur des Neurochirurgen aus, und Carvalho mußte eine polizeiliche Überprüfung und Schelte über sich ergehen lassen, er habe Beweise unterschlagen und dadurch die Arbeit des Mörders erleichtert. Carvalho wollte so schnell wie möglich weg und wieder nach eigenem Gutdünken und auf eigenem Terrain arbeiten und schaffte es am folgenden Mittag. Im Körper trug er den Beweis, daß er auch nicht mehr war, was er einmal gewesen war, daß zuviel Müdigkeit in seinen Muskeln steckte und seine Knochen nur noch ächzten. Gleichwohl erreichte er Bromuros Stammplatz auf der Plaza Real und drückte ihm hunderttausend Peseten in die Hand, damit er ihn auf die Spur von *Redford* brachte, tot oder lebendig. Die Polizei klebte ihm an den Fersen wie ein Parasit, auf der Lauer nach den informativen Brosamen, die von seinem Tische fielen.

Redford war in seinem Viertel, dem Barrio de la Mina, und nichts wies darauf hin, daß er berunruhigt war. Er fixte wie immer, bumste mit Männern wie immer und spielte in der Freizeit Domino in der Bar «El Cojo de Lucena». Carvalho fand es unfair, es der Polizei so leichtzumachen, und ging in ein Kino, das eine Verbindung zu einem Café besaß. Mitten im Film ging er zur Toilette, achtete aber nicht genau auf den Weg, so daß er unversehens in der Cafeteria und draußen auf der Straße stand, und eine Dreiviertelstunde später war er im Barrio de la Mina und suchte im Auftrag von Paul Newman nach *Redford*. Er nahm an, und damit lag er nicht falsch, daß es, wenn in einem Gefängnis ein Gauner *Redford* genannt wurde, nicht lange dauern konnte, bis ein anderer Gauner auftauchte, der gezwungenermaßen oder aus freien Stücken Paul Newman ähnlich sah. *Redford* war nicht in der Bar «El Cojo de Lucena», einer Orgie in grünem Plastik mit einem Thekenregal, dessen Flaschen vom Staub und den Koliken der Fliegen des ganzen Viertels hart zugesetzt wurde. Aber er war in seiner Bruchbude; die Tür war offen, und der Galan lag breitbeinig auf dem Bett, während eine Prise Heroin in seinen Adern kreiste. Carvalho kam nicht dazu, ihn aufzuwecken. Hinter ihm wimmelte es von Polizisten in Zivil und in Braun, Händen voller metallischer Drohungen und Mündern voller Aggressionen, die ihm genauso galten wie dem armen *Redford*, der geschlagen, mit Fußtritten bearbeitet und zu Boden gezerrt wurde, bis er hellwach und damit in Panik war.

Später wartete Carvalho in einem Büro der *Jefatura Superior de Policía* darauf, daß *Redford* auspackte. Man brauchte nur zu warten, bis ihn der *turkey* erwischte, und dann sang er ganz von selbst eine Oper in fünf Akten, und zwar alle Rollen, auch die, die nicht er spielte. Man habe ihn und «El Chota» mit dem Mord beauftragt, aber nach dem Verschwinden von «El Chota» habe er es alleine erledigen müssen. Ins Lokal zu kommen sei leicht gewesen, vor allem in den unteren Teil. Es war der Tag, an dem Sevillanas getanzt wurden, und er trat als Tänzer auf, der als Lehrer einiger Gäste eine besondere Einladung erhalten habe. Er betrat das Lokal inmitten einer Auslese von Cucas, Montses, Solitas, Nenas und Sitas mit rauschenden Volants und Kastagnettengeklapper. Dann war es einfach zu verschwinden, den Lichtausfall hervorzurufen und ins obere Stockwerk zu gelangen.

«Auf welchem Weg denn? Auf welchem Weg?»

Das rief später Daurella aus, ebenso wütend wie überrascht über Carvalhos Bilanz. Der Detektiv legte ihm dieselben Pläne vor, die er ihm vor zwei Tagen gegeben hatte. «Sie hätten mich davon in Kenntnis setzen müssen, daß sich neben der Aufschrift ‹Notausgang› an der Küche eine Treppe befindet, die direkt ins Untergeschoß führt, also das ‹Up› mit dem ‹Down› verbindet.»

«Haben Sie das denn nicht im Plan gesehen, Mann Gottes?»

Auf dem Plan war lediglich ein gestreiftes Rechteck zu sehen, neben dem ‹Notausgang› stand. Es stand nicht dabei, daß das gestreifte Rechteck eine geheime Verbindungstreppe zwischen den beiden Stockwerken darstellte. *Redford* war das blinde Werkzeug in einer Angelegenheit unter Drogenhändlern, und das Lokal erhielt in den nächsten Tagen einen sensationellen Zulauf, wobei die Gäste nicht von der Möglichkeit eines erneuten Mordes angezogen wurden, sondern den Pfad des Dramas begehen wollten, in Begleitung der Kellner, die zu anerkannten Führern eines Verbrechens wurden, das sie ein ums andere Mal zum Ergötzen der Gäste rekonstruierten. Carvalho seinerseits strich den versprochenen Betrag ein, und Tato Daurella i Plegamans wurde durch das kluge Argument von Oriol Regas beruhigt, daß schließlich und endlich weder das Opfer noch der Mörder zu den Stammgästen gehört hätten.

Charo bestand darauf, daß er sie in das Lokal mitnahm; Carvalho fand sich nach langem Bitten dazu bereit, und sie gelangten zur Pforte des Schuppens, wo das Gesicht des Türstehers wieder riesig, abweisend und verschlossen war.

«Sie haben keine Mitgliedskarte?»

«Nein.»

«Dann tut es mir leid, ich kann Sie nicht einlassen.»

Jetzt sag ich ihr, daß ich Tato angerufen habe, dachte Carvalho, tat es aber nicht. Er hielt es wie Groucho Marx, der sagte, er würde nie einem Club beitreten, der Leute wie ihn aufnehme.

Jordi Anfruns, Sexualsoziologe

Ein paar und zwanzig Jahre alt, blond, lange Locken als Nachhut eines weißen Körpers, ein goldener Tanga als Alibi, ein kleiner Goldhelm über jeder Brustwarze. Sie tanzt auf dem Podium unter der Enthüllung eines milchigen Lichtstrahls, schaukelt über die Köpfe des Diskopublikums hinweg und handelt sich die Gleichgültigkeit des totalen Lärms oder die Blicke der Zuschauer auf der Suche nach der zarten, nur zu ahnenden Wunde ihres Geschlechts ein. Ewiges Lächeln, das nicht erstirbt, wenn die Vorstellung vorbei ist und sie auf ihren hohen Absätzen durchs Publikum stöckelt und sich einen Weg durch die Massen bahnt, die die Rockkatakomben bevölkern.

«Montse, Liebes, du bist wie ein Quirl!»

So begrüßt sie ein blaubeschmierter Transvestit, und sie zwinkert ihm zu und wiederholt die Tanzbewegungen, während sie kleine Schreie ausstößt. «Ich bewege mich! Ich bewege mich!»

Hier ein Wort, dort ein vielsagender Blick, Getuschel in ein Öhrchen, das sie mit einer entblößenden Geste aus dem Haar freilegt. «Ich bewege mich! Ich bewege mich!» ruft Montserrat noch einmal aus und setzt ihren Weg zur Bar fort, wo der Barkeeper ein Glas Wasser für sie bereithält.

«Nur Wasser?» fragte ein verwahrloster, schlanker, dunkelhäutiger Mann mit dunklen Augen, allerdings nicht so dunkel wie die Ringe darunter; wildes, nach hinten gekämmtes Schwarzhaar wie ein Italiener der dreißiger Jahre, aber schuppig, schuppenübersäte Schultern, Trauerränder unter den gewaltigen Fingernägeln am Ende seiner Prophetenhände. Und trotz der bedrohlichen Erscheinung lächelt und ruft Montse weiter: «Ich bewege mich! Ich bewege mich!»

«Trink! Trink Wasser! Reinige dich innerlich, solange du äußerlich immer noch unrein bist!»

Der Mystiker reicht ihr seine Karte und macht in einer dramatischen Wendung auf dem Absatz kehrt, um in der Menge zu verschwinden. Das Go-go-Girl stürzt sein Glas Wasser hinunter, durchquert wieder die Masse – hier eine Bemerkung, dort ein Lächeln, Imagepflege ihres lachenden Gesichts – und kehrt zurück zur Bühne, zur Bewegung und zu etwas, das offenbar ihr Lebensmotto ist: «Ich bewege mich! Ich bewege mich!»

Dann bittet sie den Conférencier ums Mikrofon. «Geschätztes Publikum! Ich darf Ihnen mitteilen, daß heute kein Größerer und kein Kleinerer als ... Jordi Anfruns, der Soziologe, unter uns weilt! Applaus für den Soziologen!»

Die Hand des Go-go-Girls weist auf den fluchtartig enteilenden Anfruns, dem neugierige Blicke gelten. Der Conférencier packt Montse um die Taille, ohne sein öffentliches Lächeln zu verlieren; aber es liegt Härte in der Umarmung und der leisen Stimme, mit der er auf ihr Ohr einhämmert: «Mädchen, du bist ja verrückt! Hau ab, bevor dich der Direktor hier sieht!»

Montse verläßt mit Schwimmbewegungen die Bühne, crawlt durch die Masse, wehrt spielerisch Versuche ab, sie zurückzuhalten, und rennt, als aus der tiefsten Tiefe ihrer Übelkeit ein Schluckauf hochkommt, zur Damentoilette. In der Absicht, sich zu erbrechen, steckt sie den Kopf beinahe in die Kloschüssel, ihre Bauchmuskeln und die Brust schmerzen, übers Gesicht laufen kleine Bäche von Schweiß und Tränen. Als sie sich nach dem Waschbecken umdreht, prallt ihr Blick gegen die graue Gestalt von Anfruns. Sein Gesicht ist fahl im Neonlicht, die hochgezogenen Brauen dunkel.

«Da, schau dich im Spiegel an! Jetzt steht dir Verdorbenheit und Tod ins Gesicht geschrieben!»

Montse macht eine abwehrende Handbewegung und läßt die Hände auf den Waschbeckenrand sinken. Ihre Gesichtspalette hat jedes Rinnsal in der Schminke festgehalten. Hinter diesen verschmierten Gesichtszügen erscheint im Mittelgrund die weise und überlegene Miene von Anfruns. «Wasch dir das Gesicht, dann kannst du sehen, wie schön du früher warst!»

«Zieh Leine!»

«Du brauchst einen Mann, der so wie ich mit dir spricht. Aus meinem Munde spricht der Geist der Großmut. Ich will, daß du zu dir selbst zurückfindest!»

Voller Abscheu verzerrt das Go-go-Girl ihr kleines Gesicht, wie sich ein Kind beim Einnehmen eines Abführmittels, gegen das es machtlos ist, mit Grimassen auf die Gaumenattacke vorbereitet. Die Anwesenheit von Anfruns hinter ihrem Rücken geht ihr auf die Nerven, als laste der Blick des Mannes schwer auf ihr. Sie bettelt: «Geh doch, geh, Soziologe! Ihr Soziologen seid alle Gangster!»

Ihr Abscheu ist der Angst gewichen. Aber es ist dasselbe Mädchengesicht mit dem Teint von hundert Nächten Tanz auf der Bühne.

«Sie hat eine gesunde Farbe.»

«Solarium.»

«Eine Luxuspuppe.»

«Das Solarium ist privat. Es ist im Zimmer nebenan.»

«Um wieviel Uhr ist der Tod eingetreten?»

«Nach einfachem Augenschein vor sechs oder sieben Stunden.»

Dasselbe Gesicht in Großaufnahme. Nackt, weder Schminke noch Lächeln, die Augen aufgerissen, voller Überraschung über den eigenen Tod. Nackt auch der Körper, auf dem Laken gekrümmt und mit blauen Flecken und Messerstichen übersät. Kommissar Contreras kann nicht verhindern, daß Schmerz sein Gesicht verzieht, als tue der Anblick seinen Augen weh. Er zieht das Laken über den Körper und sagt: «Nehmt sie mit!»

Gerichtsmedizinische Geschäftigkeit, Spurensicherung, ein unerwartetes Blitzlicht verschärft den Widerwillen auf dem Kommissarsgesicht. «Vorstrafen?»

Der Assistent hält ein Blatt in der Hand. «Nichts von Bedeutung. Bei einer Razzia letztes Jahr haben wir sie mitgenommen. Sie hatte einen Joint in der Tasche. Sie war aus gutem Hause.»

«Ich auch.»

«Ich meine, aus einer *wirklich* guten Familie.»

«*Wirklich* gut?»

«Ja. Fabriken, Regatten. Oper. Und ein Typ, der unter Franco irgendwo Bürgermeister war.»

«Wie kommt so ein Mädchen an einen solchen Ort? Das sollte man eigentlich ihre Eltern fragen. Häufiger Partnerwechsel?»

«Ich konnte noch nicht richtig mit dem Besitzer des Lokals reden, aber anscheinend nicht. Sie liebte ihr Leben, prostituierte sich aber nicht.»

Contreras rührt der Kontrast zwischen der Unschuld des Körpers mit den kleinen, jugendlichen Formen und dem Gesicht eines jungen Tieres und der Brutalität des mörderischen Blutrausches.

«Was ist mit dieser Karte? Jordi Anfruns, Soziologe... Der schon wieder! Dieser Kerl gehört hinter Gitter... Es ist dieser Verrückte, der Keuschheit predigt und Schwanz und Politik vermischt. Dieser Idiot wurde damals, in der Minirockzeit, von einer Lehrerin mit Bissen attackiert, nachdem er ihr vor versammeltem Lehrkörper mangelnden Anstand vorgeworfen hatte.»

«Er ist es auch, der die ersten Nacktstars mit Farbspray attakkierte, als das mit dieser Freizügigkeit losging.»

«Zu einfach. Aber holt mir diesen Anfruns! Den muß man unter die Lupe nehmen. Wer ist der da?»

Das Zimmer wird von After-shave-Schwaden eingenebelt, denen ein eleganter, tadellos gekleideter Mann mit Public-Relations-Manieren folgt. Der Zivilgardist, der ihn begleitet, erklärt Contreras: «Der Anwalt der Familie.»

«Mein Name ist Pedro Fresneda, und ich vertrete die Familie Gispert. Auf Wunsch von Señor Gispert unterstelle ich mich Ihrem Befehl und halte mich für eventuelle Ermittlungen zu Ihrer Verfügung.»

«Meinem Befehl. Sehr gut. Lassen Sie mir Ihre Karte hier und erwarten Sie Befehle! Meine Befehle.»

Der Anwalt hört nicht auf die abschätzigen Worte des Kommissars. Er hat nur Augen für den leblosen Körper des Mädchens, den der Gerichtsmediziner entblößt hat und in einem Zug fachmännisch mit dem weißen Laken bedeckt.

«Anwälte haben mir heute gerade noch gefehlt.»

Carvalho liegt mit Charo im Bett. Er öffnet die Augen, blinzelt, kommt zu sich und bemerkt den fürchterlichen Geschmack in seinem Mund, vielleicht auch sein Kopfweh, oder es ist der bloße Druck eines Tages, an dem er nichts oder nur Unangenehmes zu tun hat.

«Welcher Tag ist heute?»

Charo erwacht, und ihr mürrisches Gesicht taucht auf.

«Was ist los?»

«Welcher Tag ist heute?»

«Deshalb weckst du mich auf?»

«Ich habe überhaupt niemanden geweckt. Ich sagte nur: Welcher Tag ist heute?»

Charo taucht wieder im Meer der Bettlaken unter, während Carvalho sie verläßt und nach seinen Klamotten sucht, zur Stadt hinunterschaut und in die Küche geht, um Kaffee zu machen. Das Telefon klingelt, und Carvalho blickt auf die Wanduhr. Sieben Uhr morgens. Seine Verblüffung hindert ihn nicht, den Hörer abzunehmen.

«Chef? Erkennen Sie mich?»

«Eindeutig.»

«Habe ich Sie geweckt?»

«Das schaffst weder du noch sonst jemand. Ich bin verkatert.»

«Hier ist nämlich ein Klient.»

«Ein Klient? Um sieben Uhr morgens?»

«Das habe ich auch zu ihm gesagt, Chef, aber er sagt, es ist sehr eilig. Ich gebe ihm den Hörer.»

Der mystische, eckige Dunkelhäutige mit seinem Schuppenproblem und dem erleuchteten Ton nimmt den Hörer und sagt zu Carvalho: «Guten Tag. Mein Name ist Jordi Anfruns. Ich bin Soziologe. Sexualsoziologe.»

«In welchem Zirkus treten Sie auf, mein Lieber?»

«Ich beschäftige mich mit den Gesellschaftswissenschaften und erwarte Sie in Ihrem Büro.»

«Ach so, ein Wissenschaftler. Ich komme.»

Charo verweigert sich der Aufforderung, sich schnell anzuziehen und sich von Carvalho nach Hause bringen zu lassen. «Ich nehme die Bergbahn.» In einer ständigen mentalen und physischen Kurvenfahrt eilt Carvalho zu seinem Büro und seiner Arbeit, als jage ihn eine fremde Kraft durch eine Achterbahn. Kaffee! Kaffee! stöhnt sein Gehirn, wie der Wanderer in der Wüste, der die Schimären der Fata Morgana um Wasser anfleht. Beim Betreten des Büros beachtet er weder Biscuters Entschuldigungen noch das martialische Hackenzusammenschlagen und die

Neigung des Kopfes, mit denen sich der Sexualsoziologe vorstellt.

«Ganz schnell fünf Tassen Kaffee für mich und… trinken Sie auch Kaffee?»

Anfruns schließt genüßlich die Augen, als lasse er sich die Antwort innerlich auf der Zunge zergehen. «Ich nehme keine Drogen.» Er schlägt sie wieder auf, um die Wirkung seiner Worte auf Carvalho und Biscuter zu begutachten.

«Nicht einmal Kaffee?»

«Kaffee ist eine Droge. Genau die siebente auf der Toxizitätsskala.»

«Wären Sie so liebenswürdig, mir die ganze Skala zu nennen?»

«Mit Vergnügen. Es ist Bestandteil meines Kreuzzuges für die Gesundung der Moral. An erster Stelle das Heroin, die Geißel der Menschheit. An zweiter das Essen, es zerstört den Körper und kann die Seele über seine Wirkstoffe töten, wie beispielsweise das Cholesterin…»

«Hören Sie auf, mein Lieber! Sie befinden sich auf feindlichem Territorium. Wir sind kein befreundeter Stamm. Stimmt's, Biscuter?»

«Klar, Chef.»

«Biscuter, findest du, daß Fleischklößchen mit Soße eine Droge sind?»

«Das ist Quatsch, Chef.»

«Da, Sie haben es gehört.»

Angesichts dieser Unwägbarkeiten beschränkt sich der Sexualsoziologe darauf, die Achseln zu zucken und mit ausgebreiteten Armen die Immensität menschlicher Unwissenheit anzudeuten.

«Biscuter, mach mir Kaffee und was zu essen!»

«Wie wär's mit gefüllten Paprika, Chef?»

«Lieber ein wenig Tomatenbrot, *butifarra** und Aioli.»

Anfruns' Gesicht durchläuft alle Stadien des Ekels.

«Gut. Jetzt geht es mir besser. Sprechen Sie!»

«Ich werde eines Verbrechens verdächtigt.»

«Welches Verbrechens?»

* katalanische Art Bratwurst

«Ein Mädchen ist ermordet worden, vor zwei Tagen, ein Go-go-Girl aus dem Nachtclub ‹Scorpio›. Ich habe versucht, sie zu einer meiner Schülerinnen zu machen, versucht, sie vom Laster abzubringen und ihr den Pfad der Selbstbestimmung des eigenen Lebens zu zeigen. Genau wie Priester in den Beichtstühlen die Sünder oder Psychiater Kranke erwarten, muß ich als Soziologe der Gesellschaft entgegentreten. Ich suche die Horte des Fehlverhaltens auf und verkünde die frohe Botschaft der Selbstbestimmung, des unbegrenzten Bewußtseins.»

«Sie reden wie ein Wahlkämpfer.»

«Leidenschaft und Wissenschaft sind normalerweise getrennt. Nicht in meinem Fall. Hier!»

Er legt eine Mappe auf den Tisch, die er bis dahin unter dem Arm getragen hat. Carvalho liest den Titel. «Über das Sexualverhalten und seine Beziehungen zum Gesamtverhalten. Anhang: Politiker und Vergewaltigung.»

«Interessant.»

«Unentbehrlich, würde ich sagen. Montse war ein zartes Tierchen, das als Go-go-Girl auftrat, um ihre Familie zu quälen, eine sehr reiche Familie. Ihr Vater wäre unter Franco um ein Haar Bürgermeister geworden.»

«Das eine Haar fehlte ihm also.»

«Er war in eine Affäre mit einer Frau verwickelt, und in der damaligen Zeit mußte man solche Affären sehr geheimhalten. Aber zurück zum Thema. Die Polizei ist verärgert, weil ich für die Tatnacht ein praktisch perfektes Alibi habe. Es stimmt zwar, daß ich im ‹Scorpio› war und mit Montse sprach, aber dann ging ich nach Hause, und ich habe sechs Schülerinnen, die bereit sind auszusagen, daß ich zu dem Zeitpunkt zu Hause war, als Montse ermordet wurde.»

«Leben Sie zusammen mit ihren Schülerinnen? Worin unterrichten Sie sie?»

«In Sexualsoziologie. Man hat mir die Pforten der Universität und der Verlage versperrt. Ich unterrichte bei mir zu Hause und gebe meine Bücher selbst heraus.»

«Bekommen die Schülerinnen Vollpension?»

«Ich habe eine sokratische Auffassung von Unterricht. Das Zusammenleben mit dem Meister bringt der Wahrheit des Meisters näher. Ich gebe ihnen einen monographischen Kurs über ‹Das Sexualverhalten des Involutionismus›. Meine Schülerinnen sind mein Alibi, aber ich habe den Verdacht, daß der Kommissar etwas gegen mich hat. Ich pflege ablehnende Reaktionen hervorzurufen, stelle zu vieles in Frage, bin zu revolutionär für die heutigen Philister. Verstehen Sie mich?»

«Ich tue mein Möglichstes, um Ihnen zu folgen, mein Lieber. Aber es kostet mich einige Mühe. Normalerweise befinden sich keine Soziologen unter meinen Klienten; meine Klienten sind eher Opfer der Soziologie; es sind Leute, die statistisch gesehen unbeliebt sind. Sie haben also das Go-go-Girl nicht umgebracht, und ich soll nun herausfinden, wer es war, damit Sie weiterhin ihren Unterricht in Sexualsoziologie halten können?»

«Ausgezeichnete Zusammenfassung.»

«Es wird Sie eine Menge kosten.»

«Um Geld brauchen Sie sich keine Sorgen zu machen!»

«Ich spare nämlich für meine alten Tage.»

Anfruns betrachtet Carvalho mit eindeutiger Verachtung. «Nur Kleinmütige sorgen sich um ihr eigenes Alter.»

«Ich mache mir Sorgen, daß ich alt werde und in die Hosen pisse, ohne jemanden, der mir die Windeln wechselt. Was soll ich Ihnen sagen, jeder ist, wie er ist. Ich spare, um mir die Würde leisten zu können, daß ich wie ein Herr behandelt werde, auch wenn ich mich selbst bepisse. Haben Sie sich schon einmal in die Hosen gemacht?»

Aber da eilt Biscuter mit dem dampfenden Topf herbei, in dem eine dunkle Soße mit Sepiastücken und kleinen Fleischklopsen brodelt.

«Ich sehe, Biscuter hat selbständig entschieden. Fleischklopse mit Sepia ist das beste gegen Kater. Möchten Sie probieren?»

«Mir wird übel. Wenn Sie wüßten, was Sie da zu sich nehmen wollen...»

«Biscuter gibt ihnen genau den richtigen Pfiff. Es ist eine traditionelle Zubereitungstechnik aus dem Ampurdán, um einigen Gerichten geschmacklich und farblich Charakter zu verleihen: man brät die Zwiebel an, ohne zu übertreiben, und zerkleinert sie erst dann. Probieren Sie einen Fleischklops! Wenn Sie Wissenschaftler sind, müssen Sie es kennenlernen.»

«Das ist das erste vernünftige Argument, das ich höre. Geben Sie mir einen.»

Carvalho spießt einen der kleinen Klopse auf und steckt ihn in den Mund, den ihm der Soziologe mit geschlossenen Augen hinhält. Er kaut, ohne sie zu öffnen, und als er den Bissen geschluckt hat, erwacht er wieder zum Leben, um den erwartungsvollen Blikken von Carvalho und Biscuter entgegenzusetzen: «Wie ein Tumor. Genau wie ein kleiner Tumor mit Zwiebeln.»

Jeder Baum hier ist fünfhundert Jahre alt oder hat fünfhunderttausend Peseten gekostet. Das Haus ist ein weitläufiger Klinkerbungalow mit fünfhundertkarätigem Schieferdach, das trotz seiner kategorischen Erscheinung halb unter einer Vegetation verborgen ist, die ein philippinisches Gärtnerpaar auf Trab hält. Er wird von einem seinen Manieren nach unverkennbaren Majordomus eingelassen, der aber in einer Chauffeurslivree steckt und seine Zweifel hat, welchen Empfang sein Herr diesem Eindringling bereiten wird, der nicht gerade wie eine gewichtige Persönlichkeit wirkt. Dasselbe Urteil fällen auch die Augen von Señor Gispert. Der Mann mit den mächtigen Kinnbacken, dem mächtigen Brustkorb und dem mächtigen Schädel, der aus einem weißen Schlafrock ragt, liegt halb auf einer Chaiselongue in einem mächtigen Park, in dem auch der mächtige Swimmingpool nicht fehlt. Neben ihm als Kontrast eine kleine Frauengestalt, die Trauer trägt und in Tränen aufgelöst ist. Die kleine Gestalt der Frau läßt den Mann noch mächtiger erscheinen, und ihre Tränen stacheln ihn zu einem groben, überlegenen Ton an. «Für mich war sie sowieso gestorben.»

«Meine Kleine!»

«Sei still, du Kupplerin! Ein großer Teil der Schuld trifft dich selbst! ‹Du bist zu hart zu ihr›, sagtest du immer, und wolltest sie auch noch in Schutz nehmen, als sie schlechte Noten hatte oder zu spät nach Hause kam.»

«Sie wäre so gerne Schauspielerin geworden.»

«Schauspielerin, Schauspielerin! Ich wußte ganz genau, worauf sie hinauswollte.»

Carvalho lauscht aus einiger Entfernung der unnötigen familiären Darbietung, dem Duell von Einstellungen, das sie ihr Leben lang begleiten würde.

«Ich traute mich ja nicht mehr aus dem Haus! Überall hörte ich von ihr. Klienten, Lieferanten, Freunde. Hast du deine Tochter gesehen? Dann waren sie still, weil ich sie so ansah, daß sie nicht weiterreden konnten. Aber ich las es in ihren Augen. Sie wackelt an einem solchen Ort mit dem Arsch. Das ist es nämlich, was sie getan hat. Ich habe meine Kinder nicht erzogen, damit sie arschwackelnd durchs Leben gehen. Ich war der Stammhalter meiner Familie, und mein Vater ließ mich von meinem vierzehnten Lebensjahr regelmäßig in den Ferien in der Fabrik arbeiten.»

«Du hast sie aus dem Haus getrieben!»

«Das hatte sie sich selbst zuzuschreiben.»

Das Paar schaut sich haßerfüllt an, und Carvalho läßt sie sagen und tun, was sie wollen, als hinter ihm eine harte Frauenstimme ertönt. «Schluß jetzt! Ein bißchen Zurückhaltung!»

Er dreht sich um und glaubt, ein Titelbild von *Jours de France* vor sich zu haben. Eine Frau um die Dreißig, gut, sehr gut gekleidet, kommt mit einem ausgezeichnet geschulten Gang auf ihn zu. «Kommen Sie mit!»

«Meinen Sie mich?»

Carvalho schaut sich erst einmal nach allen Seiten um, als gelte der ausdrückliche Befehl der Frau einem anderen.

«Bitte! Ich glaube, es wäre viel vernünftiger, wenn Sie mit mir sprechen würden.»

«In diesem Hause bestimme immer noch ich!»

Der Vater hat sich erhoben und sein Versuch, mit der Faust auf den Tisch zu hauen, endet in der Luft, denn es ist eindeutig kein Tisch da. Dem Mann ist es unangenehm, und die Tochter nutzt die angeschlagene Position des Vaters, um Carvalho am Arm zu nehmen und ihn ins Innere des Hauses zu schleppen, in ein Wohnzimmer mit fünf Millionen Inneneinrichtung, nicht eingerechnet die Elefantenstoßzähne und der Perserteppich, der ohne jeden Zweifel fliegen kann.

«Fliegt der?»

Carvalho weist auf den Teppich, als ihn die Frau perplex ansieht.

«Bitte! Sagen Sie mir, was Sie wollen, und lassen Sie uns diese Angelegenheit so schnell wie möglich erledigen. Die Sache liegt in Händen der Polizei, und ich verstehe den Grund Ihrer Einmischung nicht.»

«Sind Sie die Älteste?»

«Ich bin die älteste Tochter. Ich habe einen älteren Bruder, der an der Arbeit ist.»

«Montse war die Jüngste.»

«Genau.»

«Die Verwöhnteste.»

«Von Mama. Sie hat sie von klein auf übertrieben behütet. Sie war zart. Es dauerte lange, bis sie richtig sprach. Ihre schulischen Leistungen waren ein Jammer.»

«Und wie stand es mit den Ihrigen?»

«Das tut nichts zur Sache. Ich versuche, entgegenkommend zu sein – aber bedenken Sie bitte, daß ich dazu in keiner Weise verpflichtet bin.»

«Warum wurde sie aus dem Haus gejagt?»

«Ihr Privatleben war nicht vorbildlich.»

«Nahm sie Drogen?»

«Unter anderem. Na ja, das waren Kindereien. Aber plötzlich kam sie mit dem Problem an.»

«Welchem Problem?»

«Ist das so schwer vorzustellen?»

«Ein Kind.»

Die mit Klunkern behängte Frau schloß zustimmend die Augen.

«Der Vater?»

«Wer er ist, interessierte uns nicht und sie auch nicht.»

«Wo ist das Kind?»

«Ich fuhr mit ihr nach London.»

«Aha.»

«Und nach der Rückkehr aus London legte mein Vater die Karten auf den Tisch. Er bot ihr an, ihr ein Geschäft einzurichten oder ihr in irgendeinem Freiraum in unseren Unternehmen Arbeit zu verschaffen; sie könne auch zu Hause bleiben oder auf Reisen gehen, um Sprachen zu lernen.»

«Und die Sprachen interessierten sie nicht?»

«Nein. Und bei der ersten Gelegenheit warf mein Vater sie aus dem Haus.»

«Was war der Anlaß?»

«Sie wurde in eine dumme Sache hineingezogen. Einer von diesen, wie sagt man doch, Dealern, ein Junge aus einer Theatergruppe; sie wurden beim Rauchen erwischt, und der Junge war ein Dealer; sie wurde drei Tage lang auf der *Comisaría* festgehalten. Das war der Tropfen, der das Faß zum Überlaufen brachte.»

Señor Gispert kommt in den Salon hereingestürmt und versucht sich in der Pose des Erzengels, der Adam und Eva aus dem Paradies vertreibt. «Hinaus!»

«Er war bereits dabei zu gehen, Papa. Wir haben uns freundschaftlich unterhalten, und der Herr wollte gerade gehen.»

Ihr Public-Relations-Ton steht im Kontrast zu dem Nachdruck, mit dem der Mann im Schlafrock zur Tür weist:

«Hinaus!»

«Sie sind besessen. Sie verbringen Ihr Leben damit, Leute aus dem Haus zu werfen.»

Das Kinn des Mannes zittert vor Wut, aber es ist nicht wegen Carvalho. Sein Zorn gilt seiner Frau in Schwarz, die auf der Suche nach dem unterbrochenen Streit ebenfalls ins Zimmer geplatzt ist. «Bis zum Ende deiner Tage wirst du dafür büßen müssen, daß du deine Tochter aus dem Haus gejagt hast!»

Die Blonde geht ab, elegant, als hätte es nichts mit ihr zu tun, was im Wohnzimmer passiert. Carvalho betrachtet das Ehepaar, das sich mit einem ebenso passiven wie tiefsitzenden Haß anstiert. Die Frau tritt einen Schritt zurück, um dann entschlossen drei oder vier Schritte auf ihren Mann zuzugehen und ihm einen Stoß zu geben, der ihn aus dem Gleichgewicht bringt und in eine Vogelscheuche im Schlafrock verwandelt, die wild und haltsuchend mit den Armen rudert. Der Alte richtet sich wieder auf und geht auf die Frau los, um ihr eine Ohrfeige zu geben, die genügte, ihr den Kopf auf den Rücken zu drehen. Aber es ist keine Frau mehr, sondern eine rasende alte Katze, die ihm die Krallen ins Gesicht schlägt und ihm Beschimpfungen aus der Kloake einer Stadt ins Gesicht spuckt, die bereits ernstlich verseucht ist.

«Gestatten Sie? Hier ist der Ausgang.»

Der Majordomus-Chauffeur nötigt ihn mit dem liebenswürdigen, aber nicht in Frage zu stellenden Vorschlag, den Ring zu verlassen. Sie gehen schweigend hinaus, und allmählich verebben die Schreie und der Lärm der Schlacht.

«Sind sie immer so?»

«Was meinen Sie?»

«Dieses alte Paar, das um die Weltmeisterschaft im Leichtgewicht kämpft.»

«Ich habe nichts gesehen. Ich weiß gar nicht, wovon Sie reden.»

«Sie sind ein wirklicher Profi.»

Ein ehemaliges Kino für alte Huren und betagte Straßendirnen der Nachkriegszeit ist jetzt Schauplatz der Proben von unabhängigen Theatergruppen, so sehen es die Kulturaktionspläne einer demokratischen Stadtverwaltung vor, die entschlossen ist, mit Theater das Publikum die Bedeutung der mittelmäßigen alltäglichen Komödie vergessen zu lassen. Die Schauspieler agieren viel und sprechen wenig und schlecht. «Nichts ist mehr wie früher», mault Carvalho. Man müßte wieder zum Theater in Versform zurückkehren. Man muß die kulturelle Archäologie annehmen, anstatt sie als Modernität zu tarnen. Die Schauspieler proben ein Stück, das auf der Straße aufgeführt werden soll. Carvalho schaut sich das Spektakel an und sitzt auf dem sozusagen einzigen Stuhl im menschenleeren Saal des alten Kinos, dem es nicht gelingen will, sich selbst als Theater ernst zu nehmen. Die Probe ist beendet, und Carvalho geht lässig auf den Regisseur zu, der einen der Schauspieler kritisiert. Sie wechseln ein paar Worte, während die Mitwirkenden hierhin und dorthin rennen und ihr normales Aussehen wiederherstellen und das technische Personal Kulissen und Kostümschnitte an großen Zeichentischen diskutiert. Der Regisseur nickt zustimmend und setzt sich in Bewegung, indem er ihm folgt. Er trägt die Uniform der Subkultur, obwohl sich sein langes Haar zu lichten beginnt und zeigt, daß er sich den Vierzigern nähert. Fast ohne weitere Worte zu wechseln, setzen sie sich einander gegenüber, zwischen ihnen ein Marmortisch und zwei dampfende Kaffees.

«Montse Gispert arbeitete in Ihrer Theatergruppe, als sie in andere Umstände kam.»

«Was meinen Sie?»

«Daß Montse Gispert in Ihrer Theatergruppe arbeitete, als sie schwanger wurde.»

Die Verwirrung des Mannes weicht einer gewissen Niedergeschlagenheit. «Also deshalb! Jetzt wird mir einiges klar.»

«Würde es Ihnen jetzt, wo es Ihnen selbst klargeworden ist, etwas ausmachen, es mir auch zu erklären?»

Der Mann holt Luft oder Erinnerung, faßt sie aber in sehr wenige Worte. «Montse war plötzlich verschwunden. Ich glaubte, sie sei wegen der Strafe auf uns böse.»

«Strafe?»

«Ja. Also. Es ist schwer zu verstehen, wenn man unsere Gepflogenheiten nicht kennt. Unsere Gruppe ist wie eine große Familie. Wir wohnen zusammen, diskutieren unsere Probleme, nähen unsere Kostüme, machen die Kulissen... Jeder muß sich voll einbringen, oder die Gruppe stirbt. Montse machte, was sie wollte. Plötzlich verschwand sie für ein paar Tage. Zu anderen Zeiten war sie zu sehr mit sich beschäftigt. Wir bestraften sie, indem wir sie für mehrere Monate zur Kartenverkäuferin degradierten, und eines Tages blieb sie weg. Ich führte es auf die Strafe zurück. Aber es muß das andere gewesen sein.»

«Waren Sie der Vater?»

Der Mann starrt Carvalho an und lächelt etwas traurig. «Ich bin nicht in der Lage, irgend jemandes Vater zu werden.»

Keiner weicht dem Blick des andern.

«Wer aus der Gruppe kann es gewesen sein?»

«Wieso aus der Gruppe? Bei uns herrscht freie Sexualität.»

«Montse hatte noch andere Unannehmlichkeiten, wegen Drogen, und dieses Mal wurde sie von einem alten Bekannten aus der Theatergruppe in die Klemme gebracht.»

«Es war Recasens. Vergeuden Sie Ihre Zeit nicht damit, ihn zu suchen. Wir haben ihn vor vierzehn Tagen beerdigt. Galoppierender Krebs. Eine große Persönlichkeit. Zu früh verstorben. Er war ein großer Schriftsteller. In der Tat verdanken wir ihm viele der Themen, die wir bearbeiten, also die literarische Bearbeitung unserer Aufführungen.»

«Kann er der Liebhaber von Montse gewesen sein?»

«Nein.»

Es ist ein schneidendes Nein, und der Blick, mit dem er Carvalho begegnet, ist noch schneidender, fast herausfordernd.

«Nein?»

«Nein.»

«Können Sie mir in dieser Frage nicht weiterhelfen?»

«Bedaure, nein.»

«Vielleicht helfen Sie lieber der Polizei, gezwungenermaßen.»

«Wenn die Polizei kommen sollte, werde ich dasselbe sagen wie Ihnen. Ich weiß von nichts.»

Carvalho verabschiedet sich auf der Straße von seinem wenig entgegenkommenden Gesprächspartner. Der Mann kehrt ins Theater zurück. Carvalho wartet kurz und folgt ihm. Der Regisseur stößt energisch die Schwingtüren auf und geht in den Saal, wo die Schauspieler auf ihn warten. Durch die angelehnte Tür beobachtet Carvalho, was er tut. Er geht direkt auf einen der Schauspieler zu und flüstert ihm etwas ins Ohr. Dann Nachdenken und eine gewisse Nervosität zwischen den beiden Männern.

Der Junge geht mit der Geschmeidigkeit eines guttrainierten Körpers über die Ramblas. Er überquert die Plaza Real und geht in die Calle Fernando. Er sucht einen Hauseingang und geht entschlossen hinein. Carvalho schaut sich drinnen prüfend um. Es gibt keine Hauswartsloge, nur eine automatische Sprechanlage, die Carvalho mit einer gewissen Irritation betrachtet. Er geht wieder über die Straße und bezieht gegenüber Posten. Nicht lange danach taucht der Junge mit einem Reisekoffer in der Hand wieder auf und steigt – praktisch ohne Carvalho Zeit zum Reagieren zu lassen – in ein Taxi, das direkt unter dem briefbeschwererförmigen Pitarra-Denkmal steht. Carvalho schwingt sich in ein anderes Taxi und beginnt eine Fahrt durch die Stadt, die auf die Autobahn nach Castelldefels und in Richtung Flughafen führt. Der Junge hat schon vorher bezahlt, denn kaum hält sein Taxi an, springt er auch schon heraus und geht mit raschen Schritten zur Halle der Luftbrücke Barcelona-Madrid. Carvalho verliert beim Bezahlen Zeit und läuft dann, um den Zeitverlust wieder wettzumachen. Der Junge steht am Ticketschalter der Luftbrücke und schaut sich argwöhnisch um. Er muß warten, bis ein anderer abgefertigt ist, und bemerkt plötzlich Carvalho neben sich, der am Schalter den Ellbogen aufstützt.

«Hätten Sie etwas dagegen, sich etwas mit mir zu unterhalten?»

«Ich verliere meinen Platz beim nächsten Flug.»

Carvalho lenkt den Blick auf den Abfertigungsschalter. «Es ist wenig los, und Sie haben noch etwas Zeit. Ich werde Sie nicht allzu lange aufhalten.»

«Warten Sie, bis ich mein Ticket habe.»

«Im besten Falle brauchen Sie es gar nicht.»

«Das ist meine Sache.»

Er kauft sich ein Einfachticket, und als er es in der Hand hält, läßt er, ohne mit der Wimper zu zucken, Carvalhos Bemerkung an sich abgleiten: «Sie wollen wohl nicht mehr zurückkommen?»

Er geht zum Abfertigungsschalter und holt sich seine Bordkarte. «Ich muß gleich zum Flugzeug. Was wollen Sie?»

«Montse Gispert war Ihre Freundin, nicht wahr?»

«Sie war die Freundin von allen.»

Carvalho schaut auf seinen Hosenschlitz. «Haben Sie sie in andere Umstände gebracht?»

«Mann Gottes, jetzt reicht's aber, hör bloß auf mit dem Gelaber! Was glaubst du eigentlich, wer du bist?»

Carvalho packt einen Arm des Jungen, der sich aufbäumt, sich mit einem Ruck losreißt und schreit: «Was glaubst du eigentlich, geiler alter Bock? Ist es schon am frühen Morgen soweit?»

Die Fluggäste schauen sich um und sehen zu.

«Geh aufs Klo und reagier dich ab!»

Mit raschen Schritten schafft der Junge Distanz zwischen sich und Carvalho. Er steht bereits in der Schlange der Reisenden, die auf die Polizeikontrolle warten. Carvalho zögert. Mehrere Augen beobachten ihn noch. Er sieht ohnmächtig zu, wie der Junge durch die Polizeikontrolle geht und sich, quasi grinsend, in den Abflugwarteraum begibt. Carvalho macht eine halbe Kehrtwendung, um sich Aug in Auge mit Kommissar Contreras wiederzufinden, der zwei Handbreit vor ihm steht und ihn ironisch angrinst. «Laufen Sie, Carvalho, der Vogel entkommt Ihnen sonst!»

«Ich überlasse ihn Ihnen, Kommissar!»

«Mich interessiert er nicht.»

Mit verändertem Ausdruck fährt der Kommissar fort: «Ich warne Sie noch einmal, Carvalho! Bleiben Sie bei Ihren eigenen Angelegenheiten und spielen Sie nicht das tapfere Schneiderlein!»

«Danke für den guten Rat, Kommissar. Ich weiß, daß Sie es nur gut mit mir meinen.»

Der Kommissar schaut ihn herausfordernd an, sogar aggressiv, als wolle er ihm von einem Moment auf den andern einen Fußtritt versetzen. Aber allmählich bricht sich ein Lächeln auf seinem Gesicht Bahn, und er sagt: «Das hätte ich mir nie träumen lassen, daß Sie sich auf Flughäfen herumtreiben und kleine Jungs anmachen. Soll ich Sie etwa wegen Erregung öffentlichen Ärgernisses festnehmen?»

«Ich gelobe Besserung.»

Carvalho beschließt, Zeit und Raum zwischen sie zu legen, grüßt den Kommissar und läßt ihn allein und zweifelnd in der riesigen Halle stehen. Nicht für lange. Ein Mädchen geht auf den Polizisten zu, spricht ihn an und bittet um ein paar Minuten Aufmerksamkeit. Carvalho macht kehrt und bleibt in entsprechender Entfernung stehen, so daß er dem Gespräch lauschen kann. Das Mädchen gibt ihm ein Buch, das die Wahrheit enthält. «Die Quellen der Weisheit.» Contreras hat nicht sofort reagiert, steckt aber dann die Hand in die Tasche und holt seine Polizeimarke heraus, die er ihr wortlos vor die Nase hält.

«Es ist auch im Interesse eines Polizisten, zu den Quellen der Wahrheit zu gelangen.»

Er verbeißt sich seinen Ärger und macht eine halbe Kehrtwendung, um sich Aug in Auge mit Carvalho wiederzufinden.

«Kleine Mädchen anmachen, wie?»

«Es war eine Fanatikerin, eine von diesen Sekten.»

«Ihre Marke scheint keinen besonderen Eindruck gemacht zu haben.»

«Die Zeiten ändern sich. Diese jungen Leute haben vor nichts mehr Respekt. Die würde ich allesamt drei Jahre zum Militär stekken, in die Legion, alle miteinander, Jungs und Mädchen.»

Das «Fraueninstitut für permanente Erziehung» trägt den Namen von Jordi Anfruns auf einem Schild mit beweglichen Lettern, das an einer Mauer hängt und den gesamten Studienplan eines Zentrums zeigt, das der Förderung der Bildung reicher und unruhiger Ehefrauen dient, und zwar von dem Zeitpunkt ab, wenn das jüngste Kind sechs Jahre alt geworden ist und den Schulbus besteigen kann, aus dem es erst zwanzig Jahre später wieder aussteigen wird. Anfruns predigt, umgeben von ehrfürchtigem Schweigen. Ein buntgemischtes Publikum, in der Mehrheit junge Frauen, aber auch betagte geschiedene Damen fehlen nicht, immer noch gutaussehend und mit eleganter Nachlässigkeit gekleidet, in der Nähe des Rockerstils der fünfziger Jahre. Anfruns steht da wie ein dünner Büroangestellter, schuppig und fettig, trotz seiner extremen Magerkeit. Er spricht mit der Sicherheit eines Predigers in Missionsland.

«Als was seid ihr verkleidet? Als Arme? Als arme Reiche? Und was wärt ihr, wenn ihr nackt wärt? Arme Zweibeiner, die sich fortpflanzen und Sex und Aggression in sich tragen. Diese Fähigkeit zur sexuellen Aggression wird von der Zivilisation modifiziert; aus diesem Grund greifen Barbaren ohne zu zögern an; aus diesem Grund ist der Faschist ein sexueller Aggressor und stünde in den Vergewaltigungsstatistiken vor jedem anderen Doktrinär. Wer hurt am wenigsten? Die Liberalen. Wer hurt am meisten? Die Faschisten. Noch Fragen?»

Eine Frau um die Fünfzig steht sehr nervös auf, räuspert sich, hat Mühe, sich auszudrücken. «Ich möchte fragen... also... Sie haben viel von den Faschisten gesprochen... und den Liberalen. Aber, was ist mit den Kommunisten? Sind sie Vergewaltiger? Ich meine, tragen sie im Geist sexuelle Aggression?»

«Sind Sie Kommunistin, Señora?»

Die Dame fährt auf. «Nein! Gott bewahre!»

«Ich frage Sie, weil Sie meine Antwort viel besser verstehen würden, wenn Sie es wären. Die Kommunisten sind in der Lage, ihre sexuellen Impulse nach den Erfordernissen der Partei auszurichten.»

Das eine oder andere bewundernde oder furchtsame Oh! im Raum, Kopfschütteln wie in der Opernloge. Eine weitere Dame faßt sich ein Herz, unter denselben Schwierigkeiten wie die erste. «Entschuldigen Sie... ich möchte wissen, ob man eine Einteilung nach Berufen vornehmen kann... Welche Berufsgruppe ist sexuell am aggressivsten? Mir ist da nämlich einmal etwas passiert... also... ein Installateur... er wurde sehr zudringlich.»

Ein Funke von Boshaftigkeit erscheint auf Anfruns' Gesicht, als er sich Carvalho zuwendet, der im Publikum sitzt. «Unter den Berufsgruppen sind Privatdetektive ohne Zweifel sexuell am aggressivsten. Unsere Zeit ist um. Nächsten Freitag spreche ich über das Thema ‹Sexuelle Aggressivität und ökonomischer Imperialismus›. Wer sich noch nicht für den Kurs eingeschrieben hat, kann es im Büro des Zentrums am Ausgang tun.»

Stühlerücken, Tuscheln und offene Gespräche, Gesichter, die Carvalho in dem delikaten Moment überrascht, wie sie Anfruns vorsichtig und fasziniert betrachten. Endlich sind sie unter sich, Anfruns auf dem Podium und Carvalho auf seinem Stuhl. Ohne seine Stellung zu verlassen, fragt Anfruns: «Wie fanden Sie es?»

«Etwas schematisch.»

«Die grundlegenden Ideen können nur auf diese Weise vermittelt werden.»

«Was ich nicht verstehe, worauf Ihr Vortrag hinausläuft. Worauf wollen Sie hinaus?»

«Auf sexuelle Chancengleichheit. Das ist die einzige Gleichheit, die für die Selbstverwirklichung des Menschen von grundlegender Wichtigkeit ist. Es ist nicht gerecht, daß der eine Teil der Menschheit mit Unzucht übersättigt und der andere in dieser Hinsicht ausgehungert ist.»

«Sie zum Beispiel.»

«Ich stehe über diesen Dingen. Ich habe eine umfassende und deshalb distanzierte Betrachtungsweise.»

«Und Montse?»

Anfruns zögert, konzentriert sich, und seine Worte scheinen von einem beschwörenden Firnis überzogen, als hole er die Vergangenheit des Mädchens aus dem Jenseits. «Als ich sie kennenlernte, war sie wie ein kleines Tierchen ohne Bewußtsein ihrer eigenen Kraft, ihrer eigenen Großmut.»

«Kam es zu einer persönlichen Beziehung?»

«Ich entdeckte sie eines Abends, als ich zufällig in das ‹Scorpio› ging. Ich habe mir einen Marschplan durch die fröhliche und optimistische Stadt aufgestellt, und an jenem Abend war das ‹Scorpio› dran. Ich führte ihr das Schauspiel ihrer eigenen Verderbtheit vor Augen, und sie stieß mich zunächst zurück und machte sich sogar öffentlich über mich lustig, indem sie alle Blicke auf mich lenkte: Jordi Anfruns, der Soziologe. Aber später sahen wir uns wieder, und sie behandelte mich mit mehr Respekt. Mit der Jugend muß man offen reden und von ihr eine verantwortungsbewußte Haltung verlangen. Stellen Sie sich vor, sie hatte ihre Selbstachtung so weit verloren, daß sie dachte, ich sei ein sexuell ausgehungerter Mann, der sie mit Worten umgarnen will, um sie ins Bett zu zerren. Und eines Tages machte sie mir diesen Vorschlag. ‹Ich glaube, Jordi, du mußt dir mal Erleichterung verschaffen. Willst du mit mir ins Bett gehen? Du weißt ja, ich tue das nicht mit jedem!› Ich war bewegt. Ich zeigte es aber nicht, denn in meinem Plan der gefühlsmäßigen Umerziehung ist kein Platz für emotionale Zugeständnisse. Aber ich war bewegt. Also sagte ich ihr: ‹Das Beste, was du für mich tun kannst, ist, aufrecht zu gehen, ganz gerade, wie ein Mensch, und aufzuhören, dich auf dieser Bühne wie eine kaputte Hampelpuppe zu bewegen.›»

«Und sie war wie vom Blitz getroffen durch soviel Seelengröße.»

«Sie lachte, aber ich merkte, daß sie beeindruckt war, und von da an hörte sie mehr auf mich; ich gab ihr sogar meine Schriften, damit sie sie in Ruhe lesen und darüber nachdenken konnte.»

«Holen Sie sich bei der Banca Catalana einen Kredit und machen Sie ein Kloster auf!»

«Religion ist Opium fürs Volk.»

«Hat Ihnen Montse irgendwann einmal etwas gesagt, das uns heute nützlich sein könnte? Sprach Sie offen mit Ihnen? Vertraute sie Ihnen an, ob sie vor etwas Angst hatte?»

«Nein. Genau das nicht. Aber ich erinnere mich an einen Abend, als ich sie abholen ging, um die Zeit, wenn sie zu arbeiten aufhörte, und sie war aufgeregter als üblich.»

Es ist Montse, die sich wieder auf der Bühne windet und dann auf der Schaukel über die Köpfe fliegt, über dem Dunst, den gebrochenen Lichtern, den schreiend geführten Gesprächen im Getöse der Musik, und dann mit demselben starren Lächeln zu einem Tisch geht, wo Anfruns sie erwartet.

«Hallo, Jordi! Das ist wieder mal 'ne Nacht! Wow!»

Sie heult wie ein Hündchen, das sich freut, und läßt sich müde auf einen Stuhl fallen. Aus der Nähe betrachtet, kann die Schminke nicht eine tiefe Müdigkeit verbergen, und die Rötung ihrer Augen verrät Schlafmangel.

«Hast du die Notizen gelesen, die ich dir gab?»

«Wow! Lesen? Ich komme nach Hause, falle ins Bett und wache erst auf, wenn es schon fast wieder Zeit für den Abendauftritt ist.»

«Hör mit dieser Arbeit auf!»

«Mensch, Jordi! Was soll ich denn tun? Ist es so schlecht, was ich mache? Ich verbreite Glück. Ich bewege mich! Ich bewege mich! Wer will, schaut zu, und wer nicht, läßt es sein.»

«In den Augen der Männer glitzert die Begierde, in denen der Frauen die Verachtung. Warum gibst du ihnen Gelegenheit, sich dir moralisch überlegen zu fühlen?»

«Die ganze Welt ist mir überlegen. Frag meine Lehrer! Die hätten keinen Fünfer für meine Zukunft gegeben. Meine Noten waren ein Skandal. Mein Vater glaubte fest, er würde mich gut verheiraten, aber nicht mal dazu taugte ich. Meine Geschwister sind ganz anders, sie sind musterhaft: Mein ältester Bruder ist der perfekte Familienerbe, und meine Schwester ist Doña Tugendhaft am Tag und Doña... aber lassen wir das. Der Schein trügt, Jordi. Aber eines Tages explodiere ich, und wenn ich platze, wird mehr als ein Nerzmantel Spritzer abkriegen.»

«Ich wußte, daß sie log. Daß sie nie explodieren würde. Daß sie für einen Schuldkomplex büßte, weil sie den Anforderungen nicht entsprochen hatte und ihre einzige Möglichkeit, Bestätigung zu finden, eben darin bestand, auf eine Bühne zu steigen und zu tanzen. Etwas anderes hatte sie nicht gelernt. Und aus diesem Grund ließ ich nicht locker, denn wenn sie diesen goldenen Käfig nicht verließ, würde sie nie die geringste Chance haben, die schöpferische Energie nach außen zu bringen, die wir alle in uns tragen. Die Bourgeoisie hat die Welt in Interessenssphären aufgeteilt, aber nicht nur die Welt der Dinge, sondern auch die der Menschen. Sie haben die Arbeit, die Klassen und die sozialen Rollen bestimmt, in einem ungeheuerlichen Produktionssystem, das zu ihrem Nutzen arbeitet. Die Marxisten sprechen von internationaler Arbeitsteilung, wenn sie die internationale Ordnung meinen, und von Arbeitsteilung, wenn sie die soziale Ordnung meinen. Aber den Marxisten entgeht der Besitzinstinkt, die sexuelle Unterströmung unter dieser so perfekt rationalisierten Verschwörung. Montses Gesicht war das einer Sex-Sklavin, die von ihrer eigenen Klasse zu lebenslänglich verurteilt war. Sie hätten sie dort sehen sollen, so erniedrigt, so schutzlos. ‹Ich bewege mich! Ich bewege mich!› sagte sie, und dabei ging sie vor die Hunde, vor die Hunde.»

Der Zauber ist gebrochen, und Anfruns kehrt, wie aus einem Traum auftauchend, wieder in den Raum zurück, wo er seinen Sexologieunterricht erteilt, und zu Carvalho, der ihn mit einem gewissen Interesse beobachtet.

«Verstehen Sie? Wer will, schaut hin, wer nicht, läßt es sein. Sie war eine Liberale. In der Sexualität war sie oberflächlich. Verbal.»

«Sie wollten also nicht mit ihr schlafen.»

Mit einer gewissen Bitterkeit, wenn auch nicht ohne Stolz, gesteht Anfruns: «Die Bestimmung von Anfruns ist es, das Leben anderer zu verändern, auch um den Preis, daß er sein eigenes Leben nicht leben kann.»

«Haben Sie sie umgebracht?»

Ein langes Schweigen. Auf Anfruns' Gesicht zeigen sich nacheinander Überraschung, Angst, Zögern und Empörung. «Stellen Sie keine blöden Krimi-Fragen! Ich war den ganzen Abend auf der *Comisaría* und antwortete auf Fragen von diesem Esel, diesem Contreras, und zwei Grünschnäbeln, die ihr Handwerk in Low-Budget-Filmen der B-Klasse gelernt haben. Sie waren nicht einmal in der Lage, meine Ironie zu bemerken, meine Verachtung. Vorderhand gehen sie mir nicht an den Kragen, aber sie haben mich an der langen Leine, und wenn sie keinen plausiblen Schuldigen finden, verhaften sie mich und lassen die Akte verschwinden, bis man den Fall vergessen hat. Ich möchte nicht ins Gefängnis gehen, auch nicht in Untersuchungshaft.»

«Stammen Sie eigentlich aus einer guten Familie, Anfruns?»

«Ja. Woran haben Sie das bemerkt?»

«An Ihrer Art der Arroganz. Die saugt man mit der Muttermilch ein.»

Carvalho wieder auf dem Flughafen. Automatisches Verhalten eines beliebigen Fluggastes der Luftbrücke. Als er seinen Sitz eingenommen hat, öffnet Carvalho seine Flugtasche und nimmt ein in Silberpapier eingeschlagenes Paket heraus. Er packt es aus, und ein taufrisches Bocadillo kommt zum Vorschein, das er zur Verblüffung seines Nachbarn und zum Erstaunen der Stewardess mit Genuß verzehrt. Carvalho unterbricht sein Kauen, um seinem Nachbarn zu erklären: «Bocadillo Señora Paca. Haben Sie das mal probiert?»

«Nein, ich muß gestehen, das habe ich nicht.»

«Die machte meine Großmutter immer. Kalter entgräteter Bratfisch, am besten Seehecht, ohne Mehl gebratene Aubergine, gebratene Paprika und das Brot mit Tomate eingerieben, versteht sich.»

«Ist das typisch katalanisch?»

«Typisch *xarnego*. Echt *xarnego**. Katalonien steuerte das Tomatenbrot bei, und meine Großmutter, die aus Murcia stammte, alles andere. Immer, wenn ich mit ‹Iberia› reise, esse ich so ein Bocadillo. So komme ich über die Depression hinweg, in die mich der Flug-Orangensaft stürzt.»

Genau in diesem Moment kommt die Stewardess mit dem Tablett voller Orangensaft. Carvalhos Nachbar macht Anstalten, einen zu nehmen.

«Was tun Sie da?»

«Ich habe Durst.»

«Verlangen Sie Wasser! Ich habe den Verdacht, daß der ganze Orangensaft, den ‹Iberia› serviert, aus geheimen Lagern von synthetischem Orangensaft stammt, die die Legion Condor im Bürgerkrieg hinterlassen hat. Eine raffinierte Mischung aus Anilinfarben und Bindemitteln, die das Körperinnere vom Gaumen bis zum Magen mit einem Film auskleiden und so die Korruption des Essens fördern. Es ist eine Verschwörung. Sie beginnt mit dem Orangensaft von ‹Iberia›, dann kommen industriell erzeugte Hamburger, Frankfurter und Ketchup. Man gewöhnt sich nicht nur daran, sie schädigen auch die Geschmackschromosomen, und künftige Generationen werden bereits mit atrophiertem Geschmackssinn zur Welt kommen. Haben Sie Kinder?»

«Ja.»

* katalanische Bezeichnung der Zuwanderer, meist aus dem Süden

«Erwachsene, wie ich annehme.»

«Um die Zwanzig. Zwischen fünfzehn und dreiundzwanzig. Sie ernähren sich nicht nur von Hamburgern, aber es stimmt, sie essen sie lieber als ein kompliziertes Essen.»

«Alles begann mit dem Tag, an dem Sie zum erstenmal einen Orangensaft von ‹Iberia› angenommen haben.»

Der nachdenkliche Blick, mit dem der Nachbar Carvalho bedenkt, nicht seine Argumente, wirkt höchst beunruhigt. Er tut, als lese er die ödesten Seiten seiner Zeitung, aber ab und zu prüft er mißtrauisch nach, was Carvalho tut oder nicht tut.

In Madrid beginnt Carvalho seine Suche in den Lokalen, wo man sich trifft, und es ist das «Boccaccio», wo er den flüchtigen Schauspieler inmitten einer Gruppe von jungen Schauspielern entdeckt. Carvalho verdrückt sich in eine dunkle Ecke und folgt dem Jungen im Morgengrauen zu seinem Domizil im Barrio de Opera. Er nimmt sich ein Zimmer im Hotel «Opera» und legt sich am nächsten Tag in einem Lokal auf die Lauer, von dem aus er den Hauseingang sehen kann, in dem der Verfolgte verschwunden ist. Schließlich faßt er einen Entschluß. Er geht über die Straße, befragt eine Nachbarin, die die Treppe herunterkommt, und geht zu einer anonymen Tür, die er mit einem Dietrich öffnet. Eine kleine, heruntergekommene Wohnung, fast ohne Möbel, mit Rockpostern an den Wänden, dazwischen irgendein Theaterplakat, und auf einer Matratze der Junge, der anscheinend schläft. Carvalho geht hin und zieht an den Decken. Der Körper reagiert nicht. Er beugt sich über ihn und schaut ihm in die Augen, in die von Entsetzen und Tod geweiteten Pupillen. Am Hals des gealterten, mageren Kindes Würgemale. Übelkeit und Besorgnis auf Carvalhos Gesicht, als er die Leiche zudeckt, dann Handschuhe anzieht und die Wohnung peinlich genau untersucht. Mit besonderer Sorgfalt durchsucht er die Jacke des Toten. Er öffnet seine Brieftasche. Der Personalausweis, mehr nicht. Aus seiner Tasche nimmt er zweihundert Peseten. Carvalho bleibt zweifelnd und niedergeschlagen stehen. Er wendet sich noch einmal der Leiche zu und murmelt: «Armer Idiot!»

Aber er hat keine Zeit, seine elegische Meditation fortzusetzen. Das Zimmer füllt sich mit Polizisten, die ihn hysterisch anschreien, sich breitbeinig hinstellen und die beidhändig gepackte

Pistole auf ihn richten, und sie schreien nicht nur, sie stoßen ihn auch und testen seinen Magen, was ihn seine aufrechte Stellung und seine Würde kostet. Es gelingt ihm, seine Betäubung zu überwinden und zu verkünden, er sei Detektiv. Das verbessert seine Lage nicht. Jetzt streift einer sein Gesicht mit dem Pistolenlauf. «Ein Hosenschlitzschnüffler. Was hattest du hier zu suchen? Und das da, was ist das?»

Ein Dietrich. Er hält es für nicht notwendig, das zu sagen, denn es ist offenkundig, aber der Polizeischläger will, daß die Beweisstücke auch Namen haben. «Sag mir, was das ist, oder ich laß dich die Pistole schlucken.»

«Der Form nach scheint es sich um einen Dietrich zu handeln.»

«Dir trete ich die Leber in Stücke, du Säugling!»

Sein Waffenbruder, der aber kein Bruder im Schreien ist, verhindert, daß er sein Versprechen einlöst, indem er Carvalho vorwärts stößt, mehr um ihn aus der bedrohlichen Umzingelung zu entfernen, als um ihn mitzunehmen. Später im Streifenwagen ändert sich das Verhalten. Er bekommt Zigaretten angeboten, und bevor sie die *Comisaría* erreichen, haben sie ihn bereits gefragt, ob es stimmt, daß man katalanisch lernen müsse, wenn man in Katalonien Polizist sein wolle.

«Weißt du, was ich dir sage? Bevor ich mich ins Baskenland schicken lasse, als Zielscheibe für Etarras und Möchtegern-Etarras, lerne ich sogar noch katalanisch.»

Contreras schäumt vor Wut. Er umkreist seinen Schreibtisch und den Stuhl, auf dem Carvalho sitzt und angesichts des Schwalles von Worten und Beschuldigungen, der auf ihn eingeprasselt ist und noch einprasseln wird, resigniert hat.

«Machen Sie sich nichts vor! Sie sind verantwortlich für diesen Tod. Wenn Sie den Mörder nicht auf die Spur des Jungen gebracht hätten, wäre er noch am Leben. Halten Sie sich für Superman? Warum überlassen Sie die Sache nicht der Polizei? Meinen Sie, wir hätten nicht gewußt, daß er intime Beziehungen zu Montse Gispert unterhielt?»

«Welche Art von Beziehungen?»

«Soll ich Ihnen etwa die Details erzählen? Können Sie sich nicht vorstellen, welche Art von *intimen* Beziehungen ein Junge und ein Mädchen am Ende des zwanzigsten Jahrhunderts unterhalten?»

«Hatten sie Folgen?»

«Was sagen Sie da?»

«Oftmals pflegen *intime* Beziehungen zwischen einem Jungen und einem Mädchen, selbst wenn es am Ende des zwanzigsten Jahrhunderts geschieht, gewisse Folgen zu haben.»

«Was wissen Sie?»

«Nichts, was Sie nicht wüßten. Das nehme ich doch an! Wie soll denn ein Privatdetektiv mehr wissen als ein Profi von der Polizei? Ihre Madrider Freunde haben mir eine Lektion in Bescheidenheit *angedeihen* lassen.»

«Spielen Sie hier nicht den Witzbold! Ich habe Sie aus einer ganz schönen Klemme rausgeholt; die Madrider Polizei wollte Sie dabehalten. Ihre Akte ist ein Horror! Worauf wollten Sie hinaus mit den Folgen der *intimen* Beziehungen?»

«Es war eine Arbeitshypothese.»

«Suchen Sie sich eine anständigere und einträglichere Beschäftigung! Wer ist Ihr Klient?»

«Berufsgeheimnis.»

«Anfruns. Kommen Sie sich bloß nicht so schlau vor! Was für ein Honorar erhoffen Sie sich von diesem Ausgeflippten?»

«Die Sexualsoziologie hat großen Erfolg, und außerdem stammt er aus gutem Hause.»

«Señor Gispert wird Ihnen nie verzeihen, wenn die Angelegenheit zuviel Staub aufwirbelt. Und er ist immer noch ein sehr einflußreicher Mann. Wer einmal einflußreich ist, der bleibt es auch, diese Lektion sollten Sie sich zu Herzen nehmen. Anfruns ist ein Mörder nach Maß, und demnächst ist meine Geduld am Ende, mit ihm und mit Ihnen!»

Carvalho kennt Contreras, wenn er seiner eigenen Rhetorik auf den Leim geht, und läßt ihn reden. Aber dann, als er wieder auf der Straße steht, bemerkt er eine innere Kälte, den Verdacht, daß er sich nicht auf festem Boden bewegt, daß ihn der Schatten von Anfruns ein wenig deckt. Ein Klient ist wie ein Schatten, der begleitet und der Suche des Spürhundes Rückendeckung gibt, und Carvalho fühlt hinter sich die sparsame Erscheinung von Anfruns, seine ungewisse Konsistenz. Im Büro schenkt er den zwölf Anrufen von Charo, die Biscuter mit seiner Kindergartenschrift festgehalten hat, kaum Beachtung. Dabei liegt eine letzte Mitteilung von ihm selbst, in der er ihm sagt, er sei zu einem Krankenhaus gefahren, um eine Tante zu besuchen, die gerade an einem Bruch operiert worden sei. Es stört ihn, daß Biscuter frisch an einem Bruch operierte Tanten hat. Es erscheint ihm ebenso unangemessen wie frivol, frisch an einem Bruch operierte Tanten zu haben, und er macht seiner schlechten Laune Luft, indem er die dringenden Botschaften von Charo und Biscuter in Stücke zerreißt. Er stöbert Anfruns in seinem Kolleg für postverheiratete Frauen mit Identitätsproblemen auf und verabredet mit ihm eine Begegnung auf freundlichem Territorium. «Wie wär's, wenn Sie zu mir nach Hause kämen, nach Vallvidrera? Ich lade Sie zum Abendessen ein.»

«Unter der Bedingung, daß das Mahl frugal und wenig fetthaltig ist. Ein Abendessen, das ein Fußgänger der Geschichte und der Gastronomie zu sich nehmen kann.»

«Es wird strikt fußgängerisch sein. Aber respektieren Sie bitte meinen Willen, nichts Ekelerregendes zu essen, so aufbauend es auch sein möge.»

Carvalho hat die italienische Pastamaschine eingeschaltet. Sie sondert Spaghettifäden ab, die er dann abschneidet, wenn sie die richtige Länge erreicht haben. Er geht in seinen Garten hinaus, zupft ein paar Blätter von seinem Basilikumstock und gibt sie, wieder in der Küche, mit Pinienkernen, Knoblauch, Olivenöl, Essig, Pfeffer und Salz in ein Mixgefäß. Er rührt die Sauce, bringt die Spaghetti zum Kochen und bereitet inzwischen *saltimbocca*: dünne Scheiben Schweinefleisch mit Schinken und einem Salbeiblatt, alles mit einem Zahnstocher zusammengehalten und kurz in der Pfanne gebraten. Er betritt das Eßzimmer mit einem Tablett mit den dampfenden Spaghetti und einem zugedeckten Topf, in dem die *saltimbocca* ruhen. Dort erwartet ihn Anfruns als einziger Tischgenosse. Er mustert die Gerichte mißtrauisch. «Drogen.»

«Harte oder weiche?»

«Essen ist stets eine harte Droge.»

«Aber es ist die einzige Droge, die man genießt.»

«Ein Symptom der Wertkrise unserer Zeit ist das Interesse an der Kochkunst.»

«Das bezweifle ich nicht.»

«Es schmeckt sehr gut», sagt Anfruns anerkennend, nachdem er die ersten Spaghetti auf die Gabel aufgewickelt und in den Mund geschoben hat. Das Essen verläuft schweigend, und Carvalho betrachtet mit einem gewissen Unbehagen, wie wenig Anfruns ißt.

«Stehen Sie auch über dem Essen?»

«Gewiß.»

«Ich möchte Ihnen ein paar Fragen zu Montse stellen.»

«Ich habe Sie angeheuert, damit Sie anderen Leuten Fragen stellen, nicht mir.»

«Aber Sie hatten eine Beziehung zu dem Mädchen, die sie zum Reden ermutigte. Wie ein Beichtvater oder etwas Derartiges. Sie muß Ihnen etwas über ihr Privatleben erzählt haben. Über ihre Beziehungen. Außerdem sind Sie Sexologe. Sie mußten auf das Thema Sex, Körper zu sprechen kommen. Hat sie Ihnen erzählt, daß sie beinahe Mutter geworden wäre?»

«Ja.»

«Und daß sie in London abgetrieben hat?»

«Ja.»

«Welche Meinung hatte sie von ihrer Familie?»

«Montse hatte keine Meinung, also, keine kritische Meinung. Wenn sie von ihrem Vater sprach, sagte sie: ‹Der arme Papa.› Oder ihre Mutter nannte sie ‹arme Mama›. Als hätte sie Mitleid mit ihnen.»

«Und was sagte sie über ihre Schwester oder ihren Bruder?»

«Nichts. Oder fast nichts. Sie sang.»

«Sie sang?»

Carvalhos Erstaunen zwingt Anfruns zu einem Wachtraum. Er starrt auf einen Punkt in der Ferne, Montse erscheint ihm als Go-go-Girl, mit ihrem ewigen Lächeln, und sagt: «Meine Schwester?» Sie lacht kurz auf, schaut dann Anfruns unverwandt an und singt:

«Eres como la rosa de Alejandría
morena saladá de Alejandría.

Colorado de noche blanca de día
morena saladá blanca de día.»

*

Du bist wie die Rose von Alexandria.
Braunhäutiger Pfeffer von Alexandria.
Farbig bei Nacht und schneeweiß am Tag.
Braunhäutiger Pfeffer, schneeweiß am Tag.

Der Bann ist gebrochen, vielleicht, weil Carvalho das Lied an sich reißt, nachdem er sich den Mund mit der Serviette gewischt hat. Er summt: «Wie die Rose von Alexandria. Farbig bei Nacht, schneeweiß am Tag. Diese Musik habe ich schon einmal gehört. Es fuhr Ihnen beim letzten Gespräch über Montse heraus. Im Klartext spricht es von doppelter Moral, und anscheinend machte Montse gewisse Andeutungen auf ein doppelbödiges Verhalten ihrer Schwester.»

«Ja. Jetzt verstehe ich, daß das stimmt. Sie machte gewisse Andeutungen.»

Jemand klopft an die Tür, und Carvalho schaut aus dem Fenster, wer der unerwartete Besuch ist. Der Steuerberater Fuster steht an der Tür, streicht sich mit den Händen über seine graumelierten Härchen und kneift seine Adleraugen zusammen, um zu sehen, ob es Carvalho ist, der da am Fenster erscheint. Er gibt vor, es sei nichts Dringendes und er sei sehr in Eile, als Carvalho ihm von der Anwesenheit des Wissenschaftlers erzählt.

«Es wird dir Spaß machen, ihn kennenzulernen. Er ist Sexualsoziologe.»

«Nein! Unglaublich! Der fehlt mir noch in meiner Sammlung.»

«Außerdem ist noch ein ordentlicher Rest Spaghetti mit Pesto da und *saltimbocca*.»

«Was für ein Wein?»

«Raimat Cabernet Sauvignon.»

«Ich bin ein begeisterter Mitternachtsesser.»

Es ist nicht nach Anfruns' Geschmack, daß jemand sein Tête-à-tête mit Carvalho kompliziert, und er drückt seinen Unwillen aus, indem er sich über die Gefahren des Genusses von aufgewärmtem

Essen ausläßt. Alle Giftwerte vertausendfachen sich, und was schon an sich ein Angriff auf den Körper war, steigert sich zum echten Selbstmord. «Ich bin schon seit zartester Kindheit dabei, mich umzubringen», argumentiert Fuster, während Carvalho herablassend schweigt und Anfruns angespannt mißfällig reagiert, was sich zu unterdrücktem Zorn steigert, als er Fusters Beruf erfährt. «Steuerberater! Eine sinnlose Arbeit. Ein Vermittler zwischen zwei Räubern, die sich bereichern, Bourgeoisie und Staat.»

Der Theaterregisseur öffnet seine Wohnungstür. Er trägt eine Einkaufstüte und ruft laut einen Namen. «Ferrán? Bist du da, Ferrán? Ich war im Supermarkt.»

In seiner gewohnten Umgebung bewegt er sich mechanisch. Bringt die Tüte in die Küche, nimmt die leichte Jacke ab und hängt sie auf, streicht sich mit der Hand über die langen Haare, die ihm von den Schädelseiten hängen.

«Ferrán? Wo steckt er bloß. Nie ist er zu Hause. Eines Tages platzt mir der Kragen, dann wird er Augen machen...»

Aber wer Augen macht, ist er selbst. Er entdeckt Carvalho, der in einem Sessel sitzt, entspannt, beobachtend, ironisch.

«Sie? Was machen Sie hier? Wer hat Ihnen die Tür geöffnet?»

«Wer ist Ferrán?»

«Was, Ferrán war es nicht? Wer hat Sie dann reingelassen? Sie selbst? Das ist Hausfriedensbruch!»

«Sie sprechen wie ein Anwalt. In letzter Zeit bin ich ganz süchtig nach dem Dietrich.»

«Gehen Sie hin, wo Sie hergekommen sind!»

«Ich muß ein paar Dinge klarkriegen, zum Beispiel: Warum warnten Sie Ihren Arbeitskollegen, daß ich herumschnüffelte, und schickten ihn nach Madrid?»

«Ich schickte ihn nicht nach Madrid. Ich sagte ihm nur, was los war; es war seine Entscheidung.»

Carvalho ist aufgestanden, geht auf den Mann zu und packt ihn mit einer Hand am Kinn; der andere wehrt ihn unwillig ab. Aber Carvalho packt ihn wieder am Kinn und bringt sein Gesicht ganz nahe an seines. «Jetzt spuckst du alles aus, was du über die Sache mit Montses Abtreibung weißt!»

«Ich weiß überhaupt nichts. Lassen Sie mich los! Hören Sie auf mit diesen Zuhälterallüren!»

Carvalho gibt ihm einen Stoß, und er prallt gegen die Wand, das Gesicht voller Panik und die Augen auf der Suche nach eventueller Hilfe.

«Es ist deine Schuld, daß dieser Junge umgebracht wurde.»

«Ich weiß von nichts. Ich wollte ihm nur helfen. Wenn die Polizei von dieser Abtreibung Wind bekommen hätte, wäre er der Hauptverdächtige gewesen.»

«Du könntest mir etwas darüber verraten, wer daran interessiert war, zuerst Montse und dann ihren Liebhaber umzubringen.»

«Ich weiß von nichts.» Er wird hysterisch und schreit: «Und sag nicht du zu mir, Arschloch! Scheißzuhälter!»

Carvalho nähert sich ihm wieder bedrohlich, hört aber resigniert, daß die Tür geöffnet wird.

«Ferrán!» schreit der Theaterregisseur verzweifelt, reißt sich los und rennt zur Tür, wo die massige Gestalt eines Riesen aufragt, das Gegenteil der zarten Gestalt des andern.

«Wirf diesen Kotzbrocken aus der Wohnung! Er hat mich geprügelt!»

Carvalho faßt sich rechtzeitig, als Ferrán mit konzentrierter Miene auf ihn zukommt. Als nur noch knapp ein halber Meter zwischen ihnen liegt, lächelt Carvalho. «Mensch, Ferrán! Wir haben uns ja eine Ewigkeit nicht mehr gesehen!»

Der Riese bleibt stehen, stutzt und denkt einen Moment nach, ob es irgendeinen Sinn ergibt, was Carvalho da sagt, aber der Detektiv läßt ihm keine Zeit zum Nachdenken und stößt ihm das Knie in die Weichteile, daß er sich krümmt. Er keucht, holt tief Luft, immer noch die Hände vor dem Bauch, und wird von einem Tritt ins Gesicht zu Boden geschickt. Carvalho steigt über ihn weg, aber als er gerade über ihm ist, packt ihn der Riese am Fuß und zerrt ihn zu Boden. Der Regisseur nutzt das Durcheinander der beiden Körper, um hysterisch auf Carvalho einzuschlagen, trifft aber nicht immer. Der Detektiv hat unversehens eine Pistole gezogen und drückt ihre Mündung gegen Ferráns Adamsapfel, der reglos stillhält. Das Stillhalten steckt den Regisseur an.

«Ich hab's satt! Ich hab alle satt! Ist das der Dank für alles, was ich für dich getan habe?»

Die Hysterie des Regisseurs ist für Carvalho unverständlich, verdoppelt aber den Alarm in Ferráns Miene, der auf die Worte seines Freundes hört und auf Carvalhos Pistole starrt. Der Detektiv beherrscht seine Gesichtszüge wieder und geht, ohne den Rükken zu bieten, zur Tür. «Ich sag dir was. Paß auf, was du tust! Es gibt schon zwei Tote, und der dritte kannst du sein!»

Der Regisseur schaudert und betrachtet Carvalho und seinen Bekannten mit derselben Panik.

Montses Schwester betritt die Küche ihres Hauses. In der Eßecke sitzen ein paar goldene, mit Liebe gemachte Kinder und verzehren ihr Frühstück mit Liebe, gemacht von einem Hausmädchen, das in der Küche hantiert. «Los, schnell, gleich kommt der Schulbus!»

Die Schwingtür öffnet sich für einen stattlichen älteren Herrn aus der After-shave-Werbung. Er schaut kurz von einigen Papieren auf, in die er vertieft ist, küßt Frau und Kinder mechanisch und verlangt: «Einen kleinen Kaffee und einen Toast, Amparo!»

Er setzt sich an den Tisch und setzt das Studium der Papiere fort, das er nur unterbricht, um mit den Kindern zu schimpfen, die sich in einen unbedeutenden Streit verwickelt haben. Die Kinder frühstücken zu Ende, ein Hupsignal ertönt, und sie rennen mit ihren Schultaschen hinaus, nachdem sie ihre Eltern hastig geküßt haben. Dann ist der Mann mit dem Frühstück fertig. Er gibt seiner Frau ein Küßchen und beantwortet, schon im Gehen, die Frage, die sie ihm stellt. «Denkst du daran, daß wir heute abend bei den Dotras' essen?»

«Sag bloß! Das hatte ich ganz vergessen.»

«Wenn du willst, entschuldige ich uns.»

«Tu das!»

«Kommst du zum Abendbrot?»

«Ich weiß nicht. Ich ruf dich an!»

Die Frau ist einen Moment allein. Eine unendliche Müdigkeit hat sich ihrer bemächtigt. Sie leert den Inhalt ihrer Tasse. Geht in ihr Zimmer. Macht sich zurecht. Eilt hinaus zu dem Auto, das sie in der riesigen Garage der Villa erwartet. Das Auto fährt eine enge Privatstraße hinunter. Es hält plötzlich am Rand, sie öffnet das Handschuhfach und holt eine schwarze Perücke heraus, die sie aufsetzt, sowie eine Sonnenbrille. Das Auto setzt sich wieder in Bewegung und fährt in die Stadt, wo sie es in einer Tiefgarage abstellt. Sie steigt aus und läuft zum Lift, der sie in ein bestimmtes Stockwerk des Hochhauses bringt. Sie legt die Brille und ihre beunruhigte Miene ab und ersetzt sie durch ein offenes, hingebungsvolles Lachen.

«Du bist schon da!»

Er ist schon da. Ferrán. Im Schlafrock auf dem Sofa. Er steht auf und läßt sich von der Frau küssen und umarmen, begierig, als sei sie im Begriff, einen lange aufgestauten Durst zu stillen. Aber nachdem er ihr ein erstes Austoben genehmigt hat, schiebt sie der Mann mit beiden Armen weg, zunächst sanft, dann mit einem Stoß.

«Was ist los mit dir?»

«Was hast du mir mitgebracht?»

Die Beunruhigung, die auf dem weiblichen Gesicht erschienen ist, weicht einem wissenden, selbstsicheren Lächeln. «Was ist denn das? Du bist gewinnsüchtig! Sie bedeckt seinen ganzen Körper mit Küßchen und läuft zu der abgestellten Tasche, der sie ein kleines Paket entnimmt. Ferrán öffnet es mit seinen langen, dicken Fingern und hebt eine leichte, postmoderne Plastikuhr hoch.

«Ist sie nicht hübsch? Ein Schmuckstück! Mein Mann hat sie mir von der letzten Reise nach New York mitgebracht. Ein richtiges Schmuckstück!»

Es ist keine Freude, was Ferráns wuchtige Gesichtsmuskeln ausdrücken. Er schleudert die Uhr an die Wand und setzt sich aufs Bett, als interessiere ihn die ganze Situation nicht mehr. Die Frau schaut auf die zertrümmerte Uhr in der Zimmerecke und auf den Mann, der die Fingernägel einer seiner Hände studiert, als sehe er sie zum erstenmal.

«Was soll denn diese Rüpelei?» Sie versucht es mit Vernunft. «Ich habe sie dir mit so viel Freude mitgebracht. Ich weiß, daß es keine teure Uhr ist, aber sie kam von Herzen. Was wolltest du denn, eine Rolex?»

Er hebt eine Braue und meint: «Zum Beispiel.»

Sie ist empört, schreit, macht Anstalten zu gehen, kehrt aber zu ihm zurück, um definitive Erklärungen zu verlangen, und als er beginnt, sie mit harten Handgriffen nackt auszuziehen, und sich dann mit seinen Pranken ihrer zartesten Zonen bemächtigt, begreift sie, wieder einmal, daß Ferrán ein großes Kind ist, und läßt sich von seinen Riesenhänden durchwalken wie Ton auf der Suche nach einer neuen Form.

Der Regisseur geht nachdenklich durch den Güell-Park. Als sei ihm kalt, kauert er sich auf der Bank mit Keramikmotiven eher zusammen, als daß er sitzt. Schauder schütteln ihn. Er verläßt seinen Zufluchtsort und geht hinunter zu den Säulen, die den Platz abstützen. In ihm ist so etwas wie der Wunsch, sich in dem Wald der asymmetrischen Säulen zu verlieren, aber der Wunsch zerbricht, als Carvalhos Stimme ertönt und der Detektiv hinter einer Säule hervortritt. «Gehen Sie spazieren?»

Der Mann weicht erschrocken zurück.

«Keine Angst! Vor mir sollten Sie keine Angst haben!»

«Lassen Sie mich in Ruhe!»

«Sie sind in Gefahr!» – «Ich, in Gefahr? Warum?»

«Sie wissen zuviel.»

Der Regisseur schaut sich nach allen Seiten um, wie in die Enge getrieben.

«Ich kann Ihnen helfen.»

«Wobei? Sie können mir helfen, mich irgendwo hinunterzustürzen oder mich aufzuhängen, das ist es, was Sie tun können.»

«Ich kann Ihnen helfen, Ihre Haut zu retten.»

Der Regisseur schließt die Augen, krampft sich zusammen und bricht in Tränen aus.

«Wenn Sie wollen, erzähle ich Ihnen eine Szene, die sich gerade am andern Ende der Stadt abspielt. Eine junge und sehr hübsche Frau, Ehefrau in gutsituierter Familie, Tochter aus gutsituierter Familie, erlebt ein Rendezvous mit ihrem Liebhaber – eine wiederholbare und oft wiederholte Situation, so alt wie die Geschichte der Untreue. Sie ist ihrem Ehemann untreu, und wir wollen es ihr nicht ankreiden, weil für Sie und für mich feststeht, daß Ehemänner das langweiligste aller Haustiere sind. Oder irre ich mich?»

«Ich habe keinen Ehemann.»

«Was mich beunruhigt, ist die Untreue von ihm. Sagen wir, er ist ein Mann von atypischem Sexualverhalten. Schwul zu fast jeder Tageszeit, aber ab und zu macht er eine Ausnahme, als versuche er, sich selbst oder den andern zu beweisen, daß er es mit allem aufnehmen kann. Wie kam die Bekanntschaft zustande?»

«Meinen Sie die von ihm und ihr?»

«Nein, die von Ihnen und Ihrem Freund, Ferrán.»

Unfähig zu antworten, entscheidet sich der Regisseur, loszugehen, langsam genug, damit er nachdenken und Carvalho ihm folgen kann.

«Ich lernte ihn kennen, wie man diese Leute eben kennenlernt. Die Nacht vertieft die Einsamkeit, hat irgend jemand mal geschrieben, und es gibt Nächte, da geht man rot vor Hitze und bleich vor Einsamkeit auf die Straße. Glut. Eis. In einer einzigen Person. Er war im ‹Jazz Colón› und trug eine weiße Pappkamelie im Knopfloch seines billigen, zerknitterten Jacketts. Er ließ eine Hand einsam daliegen, als hänge sie ihm ganz überflüssig am Körper, und ich nahm sie und folgte mit den Fingerkuppen den blauen Verästelungen seiner Adern...»

Mit diesen Künstlern muß man wirklich Geduld haben, denkt Carvalho, während der szenische Regisseur mit der Schilderung der längsten und schönsten Nacht seines Lebens fortfährt. Ein Normalbürger hätte das in zwanzig Worten zusammengefaßt, aber der da, der braucht einen Monolog von Tennessee Williams oder so jemand. Aber Carvalho war auf dem richtigen Weg. Der Regisseur war zutiefst dankbar, daß er ihn seinen Monolog des verschmähten Liebenden sprechen ließ.

Die Schwester von Montserrat Gispert erwacht plötzlich und richtet sich im Bett auf, nackt von der Taille aufwärts. Besorgt schaut sie auf die Uhr auf dem Nachtschränkchen und springt aus dem Bett. «Sechs Uhr!»

Ferrán dreht sich unter der Decke um und schlägt die Augen auf.

«Die Kinder müssen schon aus der Schule zurück sein!»

Ferrán blinzelt, und als er die Augen öffnet, sieht er, wie sich die Frau das Kleid über den Kopf zieht und Perücke und Sonnenbrille aufsetzt. Sie beugt sich über das Bett und küßt erst die Lippen, dann die mächtige Brust des Mannes. «Ich ruf dich an. Sei vorsichtig!»

«Das bin ich. Aber du brauchst von den andern keine Vorsicht zu verlangen, wenn es dir selbst ganz schön dran fehlt.»

Sie küßt ihm jetzt sanft die Lippen, aber er fängt eine ihrer Brüste mit der Hand ein, während er ihr in die Unterlippe beißt.

«Laß mich gehen! Ich komme zu spät.»

«Sag mir erst, daß es gut war!»

«Es war unheimlich gut.»

«Sag, daß ich der beste Ficker bin, der's dir je gemacht hat!»

«Sei nicht albern!»

«Sag es!»

«Du bist der beste Ficker, der's mir je gemacht hat!»

«Du bist ein Macho, der's allen zeigt. Sag es! Sag mir: Du bist ein Macho, der's allen zeigt!»

«Du bist ein Macho, der's allen zeigt!»

Zufrieden gibt Ferrán ihre Brust frei und legt sich zurück, verschränkt die Hände im Nacken und schaut zur Decke. Die wiedergewonnene Brust der Frau schmerzt, und sie weiß nicht, ob sie weinen oder sich wieder ausziehen und weiter Liebe machen soll. Seine Gleichgültigkeit bringt das Gefühl der Dringlichkeit zurück. Sie setzt Perücke und Sonnenbrille auf und geht zum Auto. Wiederholt überprüft sie ihr Aussehen im Rückspiegel und gibt der erzielten Anonymität ein «Bestanden». Natürlich könnte jemand das Auto erkennen, aber sie würde vorgeben, daß sie es einer Freundin ausgeliehen hätte, Cuca Freixat beispielsweise, du kennst sie doch, Cuca Freixat. Cuca Freixat gibt es nicht – oder vielleicht doch? Wie heißt sie wirklich, wenn sie mit Ferrán im Bett liegt? In Wirklichkeit bin ich drei Personen, sagt sie sich, und sieht sich als dreiköpfige Hydra. Die Hausfrau und Mutter, die Perücke, die sich mit ihrem Liebhaber trifft, und die willenlose Frau, die mit einem heruntergekommenen Zuhälter ins Bett geht. «Dreckiger Zuhälter! Dreckiger Zuhälter!» schreit sie, allein im Auto, als in ihrem Gehirn Szenen von Demütigungen auftauchen, die noch frisch sind. Aber als sie Perücke und Sonnenbrille abnimmt, verschwimmen die mißtönenden Gedanken, und sie gewinnt wieder die Haltung der First Lady ihrer familiären Komödie. Dieses Auftreten hat sie auch noch Minuten später, als sie den Kindern Küßchen gibt, die aus der Schule gekommen sind, und ein Hausmädchen fragt, ob der Señor angerufen habe.

«Ja. Er hat angerufen und gesagt, daß er nicht zum Abendessen kommt.»

Sie vereinigt sich mit ihren Kindern in der Tätigkeit des Ansehens einer Kindersendung im Fernsehen. Das Telefon klingelt. Mechanisch nimmt sie den Hörer ab, ohne den Blick vom Bildschirm zu lösen, aber dann wendet sie ihn ab und konzentriert sich so sehr, daß sie mit beiden Händen den Hörer umklammert, als sie ihren Gesprächspartner erkennt. «Sie? Ich habe Ihnen bereits alles gesagt, was ich Ihnen zu sagen habe. Ich kann nicht. Jetzt nicht. Heute abend? Kann es nicht in einer belebteren Gegend sein? Um neun Uhr, einverstanden.»

Sie hängt auf. Berechnung und Bestürzung in ihren Augen. Schließlich faßt sie einen Entschluß und ruft irgendwo an. Am andern Ende ihrer inneren Unruhe erkennt sie die Stimme von Ferráns Wohngenossen und legt auf. Also ist Ferrán noch nicht nach Hause gekommen, und die Stunde der Verabredung mit Carvalho rückt näher. Endlich beschließt sie, die dauernden Vorsichtsmaßnahmen in den Wind zu schlagen, und wählt noch einmal Ferráns Nummer. Wieder die Stimme des andern, aber diesmal kann sie nichts aufhalten. Sie bittet ihn, Ferrán mitzuteilen, daß sich die Lage kompliziert habe und er sich zu einer Zeit, die sie ihm nennt, mit ihr treffen solle. Sie läßt sich von dem andern Punkt für Punkt wiederholen, was sie ihm gesagt hat, und ihre Arme und Beine flattern, als sie alles zusammensucht, was sie für eine Begegnung braucht, die sie fürchtet. Sie verstärkt den Lidstrich, die leichte Lippenbemalung, nimmt einen engeren Pulli, eine kurze, weiche Jacke, die ihre Figur zur Geltung bringt, und setzt sich wieder ans Steuer, nachdenklich darauf konzentriert, was ihr der Spiegel zeigt. Wer bin ich jetzt? Welche von den dreien? Es ist eine Frage, die sie seit langem beschäftigt, obwohl ihr von Kindheit an alle die vorprogrammierte Rolle der perfekten Tochter zugeteilt haben – hübsch, intelligent, verantwortungsbewußt, im Gegensatz zu ihrer mißratenen Schwester.

«Montse, nimm dir ein Beispiel an deiner Schwester! Wäre es denn so schwer, so wie sie zu sein?»

Sie hat diesen bevorzugten Status als Selbstverständlichkeit hingenommen, ohne schlechtes Gewissen angesichts der Depressionen von Montse, die sie wie eine tyrannische und geliebte Gottheit verehrte. Gewissensbisse hatte sie erst, als sie mit ihrem Vater die Leiche identifizierte. Reue oder Furcht. Der Mond scheint sie auf dem Gipfel des Montjuïc zu erwarten, genau über den unwirklichen, wenn auch perfekten schiefen Quadern des Museums, das auf die Stadt hinabschaut, als gehöre sie zum Katalog seiner Sammlung. Etwas Phantasmagorisches hat die Kulisse, vor der bedächtig, aber entschlossen ein einzelner Mann spazierengeht.

Die Stiftung Miró besitzt eine erstaunliche mondliche Leuchtkraft. Es ist, als lade sich ihre weiße Architektur mit der Leuchtkraft des Mondes auf. Das Auto der Frau hält an und parkt ein. Carvalho erwartet sie am Ende der Auffahrt zur Stiftung. Die Frau schließt die Wagentür und kommt auf ihn zu, die sofortige Frage auf den Lippen: «Treffen Sie sich immer in so menschenleeren Gegenden mit Leuten?»

«Menschenleer? Ich habe Sie in eine herrliche Szenerie für den Schlußakt einer Farce oder einer Tragödie bestellt, wie es Ihnen lieber ist. Aber gehen wir ein Stück! Es ist eine Nacht für das Ende eines Films.»

«Mir ist kalt.»

«Das vergeht beim Gehen.»

Schweigend gehen sie zum nahen Park. Die Frau durchschaut Carvalhos Absicht, sie von der Straße wegzulotsen, und schaut sich verstohlen nach allen Seiten um.

«Jetzt, wo wir allein sind, können Sie mir die ganze Wahrheit erzählen.»

«Welche Wahrheit?»

«Die Wahrheit über Ihre Schwester. Ihre Schwester war nie in anderen Umständen. *Sie* waren es, die nach London fuhr und abtreiben ließ, und Ihre Schwester war es, die Sie begleitete.»

«Wenn Sie schon alles wissen, was soll ich dann noch sagen?»

«Sie sind eine gutsituierte Frau, verheiratet, mit Kindern, geachtet – und urplötzlich, aus heiterem Himmel, sind Sie in anderen Umständen, in verdächtigen Umständen.»

«Ich bin verheiratet, und es ist normal, daß ich in andere Umstände komme.»

«Nichts normaler als das, aber nicht von Ihrem Mann, mit dem Sie seit Jahren keine intimen Beziehungen mehr pflegen. Da greifen Sie auf die verirrte Schwester zurück und bitten sie, sie soll das

Problem auf sich nehmen. Schließlich ist sie ja sowieso verkracht, von der Familie aufgegeben.»

«Es ist komplizierter.»

«Ohne Zweifel.»

«Sie war mitverantwortlich für das, was geschehen ist.»

Aus dem Mund der Frau kommt jetzt die Geschichte ihrer falschen Flucht. Sie erzählt von ihrem Gefühl, eine halbverlassene Frau zu sein, die in die Welt ihrer Schwester hineinschaut. Die nachts ausgeht, um ihren Auftritt zu sehen. Die sich betrinkt. Die an einer Gruppensexorgie mit den Freunden ihrer Schwester teilnimmt und eines Tages in den Armen eines komischen Vogels in einer unbekannten Wohnung erwacht oder in den Armen von Ferrán, während der Regisseur in einem Anfall von Eifersucht explodiert, und Montse lacht, lacht, weil sie glaubt, ihre Schwester könne weit weg von der Rigidität ihres gewohnten Lebens glücklich sein. Und als sie ihr sagt: «Ich bin schwanger.», fragt sie: «Willst du es haben?»

«Nein.»

«Was willst du tun?»

«Na, was wohl? Aber wie finde ich einen Vorwand, um Spanien zu verlassen und die Abtreibung im Ausland machen zu lassen? Enrique überwacht mich. Er würde mit Vergnügen einen legalen Scheidungsgrund finden. Montse, hör mal, ich hab mir gedacht, ob du nicht...»

Montse ist überrascht, aber sie versteht und lacht.

«Ich. Gut. Und der Vater?»

«Irgend jemand... irgendeiner...»

Die Schwester hat ihr Gesicht in beide Hände genommen. Montses Augen lächeln und suchen unter denen, die um sie herum sitzen und nicht ahnen, worüber sich die Schwestern unterhalten. Schließlich bleiben sie bei dem Jungen stehen, der später in Madrid ermordet wurde.

«Der gefällt mir.»

Die Schwester schaut den Mann an.

«Er sieht gut aus.»

«Er wird zum Vater meines Kindes ernannt.»

Die Schwestern lachen.

Wieder der Park, die Dunkelheit, die Erzählung der Frau.

«Aber das Donnerwetter überstieg Montses Kräfte. Als sie sich von meinen Eltern verstoßen fühlte, wurde sie lästig, unerträglich, es verging kein Tag, an dem sie mich nicht mit ihrem Gejammer belästigte.»

«Und eines Tages sagte sie Ihnen, sie wolle mit den Eltern sprechen und ihnen alles erzählen. Da haben Sie sie umgebracht.»

Sie ist stehengeblieben und schaut ihn mit einem seltsamen Ausdruck an. Nicht lange. Hinter ihr sagt eine Stimme: «Ich war's.»

Ferrán kommt aus der Dunkelheit und pflanzt sich vor Carvalho auf, entschlossen, sich nicht überrumpeln zu lassen – davon zeugt wenigstens die Pistole, die er in der Hand hält.

«Kaltblütig?»

«Wütend. Ein Streit. Eine dumme Bewegung. Sie wissen schon.»

«Und der Mörder des Jungen?»

«Sie haben ihn nervös gemacht, und dann stürzte sich die Polizei auf ihn.»

«Sie auch?»

«Ja.»

«Und wo es für zwei reicht, reicht es auch für einen dritten.»

«Genau.»

«Oder einen vierten oder fünften.»

Carvalhos Unbeschwertheit verblüfft die Frau und Ferrán nicht mehr, als Anfruns und der Regisseur aus dem Gebüsch auftauchen. Die Frau und Ferrán schauen einander verwirrt an. Ferrán nimmt sie an einer Hand und zieht daran. «Los, wir hauen ab!»

«Ich nicht!»

«Idiotin. Du bist als Komplizin dran.»

«Ich weiß von nichts. Das hast alles du getan.»

Ferrán sieht sie an, in die Enge getrieben, und weicht zurück, ohne die Pistole sinken zu lassen. Carvalho hält den Regisseur zurück, der, von Gefühlen überwältigt, seinem alten Freund eine Hand reichen will. Ferrán rennt los und Carvalho hinter ihm her. Ferrán dreht sich um und schießt. Carvalho faßt sich mit der Hand an die Brust und fällt. Bevor er das Bewußtsein verliert, trotzt er dem blöden, verdutzten Blick des Mondes.

Carvalho schlägt die Augen auf. Er ist in einer Klinik, mit verbundener Schulter. Charo sitzt neben ihm und hört die Sendung von Encarna Sánchez in einem Transistorradio.

«Endlich, Pepe, mein Herz!»

Charo küßt ihn. Carvalho wird wach und schaut sich um. Biscuter sitzt im Hintergrund des Zimmers und steht verlegen auf. «Chef, Sie sind stark wie ein Bulle. Haben Sie Hunger?»

Carvalho schließt die Augen und schläft nach einiger Zeit ein. Stunden oder Tage später wacht er wieder auf. Er fährt sich mit der Zunge über den Mund. Charo beugt sich über ihn. Biscuter sitzt noch immer im Hintergrund.

«Was gibt's zu essen?»

«Das ist das erste, was du fragst?»

«Soll ich Ihnen was machen, Chef?»

Es ist ein anderer Carvalho, entschlossen, mit lässigen Gesten, der sich im Bett aufsetzt und aufmerksam zusieht, wie die Tür aufgeht und Anfruns hieratisch, transzendent eintritt. «Gestatten Sie! Ich freue mich, Sie so erholt zu sehen.»

«Ist alles in Ordnung?»

«Sie sind verhaftet. Aber die Polizei hört nicht auf, mich zu belästigen. Sie halten mein Interesse an der Sexualsoziologie für eine Perversion.»

«Das finde ich auch. Sex ist eine streng persönliche Angelegenheit. Massen vögeln nicht.»

«Ihre Frau?»

Er deutet auf Charo.

«Meine Geliebte.»

«Ist sie verheiratet?»

«Sie sind ein Moralist.»

«Die Statistiken sagen, daß drei von vier Frauen, die in wilder Ehe leben, parallel dazu eine andere, stabile Ehe führen.»

«Die Dame hier geht der Luxusprostitution nach.»

Anfruns mustert Charo, dann bemerkt er Biscuter.

«Ein Verwandter?»

«Nein. Mein Majordomus. Erinnern Sie sich nicht an ihn?»

Anfruns schaut Biscuter ungläubig an.

«Er ist außerdem mein Koch und Dr. Watson.»

Anfruns legt einen Stapel Papiere auf den Tisch.

«Ich habe eine Studie über das Sexualverhalten der Bourgeoisie angefertigt. Montses Fall hat mich vieles gelehrt.»

«Zu welchen Schlüssen sind Sie gelangt?»

«Die Bourgeoisie ist egoistisch.»

«Montse war es nicht.»

«Sie war deklassiert», entgegnet Anfruns triumphierend. Er nickt Charo zum Abschied zu, ebenso Biscuter.

«Jordi Anfruns, zu Ihren Diensten, Sozialsexologe und Sexualsoziologe.»

Anfruns geht aus dem Zimmer. In seinen Augen trägt er ein altes Bild. Montse Gispert auf der Bühne oder der Schaukel. Sie sagt: «Ich bewege mich! Ich bewege mich! Ich bewege mich!» Und er sieht sich selbst, wie er sagt: «Trink! Trink Wasser! Reinige dich von innen, während du außen weiterhin unrein bist.» Und das offene, naive Lächeln des Go-go-Girls. Und die zurückgehaltenen Tränen in den Augen von Anfruns.

Das Zeichen des Zorro

Weil sich Fuster allmählich aus dem Steuerberatergeschäft zurückziehen will, hat er in seinem Haus in Vallvidrera ein ausreichendes Instrumentarium zusammengetragen, um mit einem gewissen Vergnügen alt werden zu können: Platten, Bücher, eine komplette Sammlung von *confits d'oie* aus dem Périgord und Büchsen mit Gänseleberpastete, eigens für ihn hergestellt von einem chinesischen Restaurateur in Paris, den er von seiner Studentenzeit her kennt.

«Wenn mich die Depression anfechten will, öffne ich eine Büchse Gänseleberpastete und ein Buch von Schriftstellern, die so solide sind wie ein dreimal aufgewärmter Eintopf. Ich lese wieder mal *Madame Bovary*. Das Buch war der Anfang vom Ende der bürgerlichen Moral.»

Carvalho verschloß Augen und Ohren vor diesem Bemühen, ein olympisches Alter ohne schrille Töne vorzufertigen, ein Alter wie eine Violinsonate, die ein lymphatischer Geiger aus der Schweiz interpretiert.

«Ich will lieber laut schreiend sterben. Wenn es zum Schlachthof geht, fange ich an zu heulen und zu fluchen und zu schimpfen.»

«Ich wäre dir dankbar, wenn du bisweilen kommen und mir von deinen Fällen erzählen würdest. Ich habe berechnet, daß ich für meine mentale Diät unbedingt alle vierzehn Tage die Erzählung eines Verbrechens brauche.»

«Daß man fünfzig Jahre in der Welt der Lebenden leidet, um während der nächsten zwanzig Jahre genüßlich sterben zu können, finde ich absurd.»

Es ist eine Beichte nach Tisch. In den Gläsern ist noch etwas Pfirsich in Muskateller aus Jávea, auf den Tellern die Reste eines Beefsteak Tartar aus gehackten Austern und Lachs und auf dem

Tisch eine Viertelflasche Sancerre, die sie in der letzten Minute noch trinken werden, bevor sie ihr erschöpftes Schweigen zweiteilen und Fuster in sein Junggesellenbett steigt, während Carvalho zu seinem verödeten Haus geht, zu den Glutresten des Feuers, das er auf Kosten der *Erinnerungen an Adrian* von Marguerite Yourcenar entzündet hat. Um es verbrennen zu können, hat er mit seiner Maxime gebrochen, kein einziges neues Buch zu kaufen, die er befolgt, seit der Club of Rome das Nullwachstum verkündet und das unglückliche Ende des zweihundertjährigen kulturellen und kriminellen Optimismus der Bourgeoisie und ihrer Antagonisten eingeläutet hat. Nach dem, was er in den Zeitungen gelesen hat, scheint ihm Marguerite Yourcenar eine rhetorische und manische Alte, die ethische Bücher Regierungschefs auf den Leib schneidert, die Büßerhemden aus literarischer Ethik tragen.

«Ich brauche keine Literatur, Fuster. Ich lebe literarisch. Ich bin ein literarischer Profi. Meine Aufträge sind literarische Fälle. Selbst die Leichen, mit denen ich zu tun habe, sind auf literarische Weise ums Leben gekommen – aber wohl nie so buchstäblich wie jene Opfer einer Mordserie, die die Presse ‹Zorros Zeichen› nannte, weil die Leichen mit einem Z gezeichnet waren, das mit der Stilettspitze aus ihrem Fleisch herausgeschnitten war. Die erste Leiche wurde sitzend in einer Gondel des Riesenrades im Vergnügungspark auf dem Montjuïc entdeckt und trug das Z auf der Stirn. Es war ein auf pornographische Zeitschriften spezialisierter argentinischer Journalist. Die zweite war die Leiche eines Oben-ohne-Mädchens aus einer zwielichtigen Bar in den Außenbezirken. Das Z war aus ihrem Hintern herausgeschnitten, ich weiß nicht, aus welcher Backe, aber es zeigt, wie haßerfüllt der Graphiker war! Es ist die gemeinste Stelle, auf der man ein Kennzeichen anbringen kann. Es gab noch einen dritten Toten: einen alten Lateinlehrer, ehemaliger Priesterschüler, der in einer Bruchbude in der Altstadt dahinvegetierte. Er trug das Z auf der Stirn.»

Es war damals im März 1977, als «unkontrollierte Elemente» herumballerten und Gerüchte von einem Staatsstreich in der Luft lagen; die politische Ware verdrängte etwas das öffentliche Interesse am Fund der ersten Leiche, obwohl Hunderte von Leuten dabei waren, die versuchten, den faden Saft von rationierter Freude aus den letzten Sonntagsstunden herauszupressen.

«He, du, Schluckspecht! Deinen Rausch kannst du zu Hause ausschlafen!»

Die Empörung des Riesenradaufsehers fanden alle gerechtfertigt. Der Angesprochene bewegte sich nicht aus seiner Kabine; offensichtlich war er eingeschlafen oder vom Alkohol betäubt, der ihm das Gesicht entstellte. Seine bloße Anwesenheit verhinderte, daß neue Gäste ihre Plätze einnahmen. Der Riesenradaufseher, im Umgang mit ungezogenen Sonntagsgästen erfahren, denen die Frustration und die Angst vor dem Montag im Nacken saß, ging auf ihn zu, im Glauben, daß Angriff die beste Verteidigung sei. Als er ihn aber wie einen Sack an einer Schulter packte, wandte sich ihm ein blutverschmiertes totes Gesicht zu, das ihn aus halbgeschlossenen Augen glasig anstarrte. Dann das Z. Zorros Zeichen.

Würde die KP legalisiert werden oder nicht? Würden sich die Sozialisten an den verfassungsgebenden Wahlen beteiligen, wenn die Kommunisten nicht zugelassen wurden? Die Polizei war damals jedenfalls nicht gerade liebenswürdig, und wenn man den Diebstahl einer Handtasche oder das Auftauchen einer Leiche mit durchgeschnittener Kehle zur Anzeige brachte, hieß es bloß: «Ihr wollt ja unbedingt die Demokratie!»

Vielleicht wurde Carvalho deshalb in seinem Büro von Verwandten des Pornographen aufgesucht, einem ebenfalls argentinischen, im Exil lebenden Ehepaar, das seine Ermittlungen wünschte, um die Tatsachen zu klären.

«Unser Onkel sei ein Volksverderber gewesen, hieß es, und eine der Personen, die er für seine Publikationen benutzte, habe sich wohl gerächt. Dabei arbeitete unser Onkel doch nur in dieser Branche, weil ihn die Umstände dazu zwangen. In Argentinien schrieb er politische Kommentare.»

Die beiden weiteren Leichen, die auftauchten, waren zuviel für die guten Rehabilitationsabsichten der argentinischen Verwandten, und Carvalho hielt sich im Kielwasser einer polizeilichen Ermittlung, in Erwartung eines eventuellen vierten Opfers. Aber die drei waren genug, um von einem mordlustigen Wahnsinnigen zu sprechen, der es auf alleinstehende Menschen abgesehen hatte: der Pornograph war geschieden und lebte allein, das Oben-ohne-Mädchen hatte in dieser Welt nur eine kleine Tochter, die bei Bauern im Maresme aufwuchs, und der emeritierte Lateinlehrer besaß nicht einmal eine Katze. Er hatte eine gehabt, aber ein Nachbar hatte sie vergiftet, weil das Tier so laut miaute, wenn der Lehrer es zu Hause allein einsperrte oder in der Brunftzeit nicht auf die Dachterrasse hinausließ. Wenn der Verbrecher ein Verrückter war, würde er früher oder später festgenommen werden. In angelsächsischen Breiten konnte ein Verrückter bis zu dreiunddreißig oder vierunddreißig Menschen in den Tod reißen, wie das Guinness-Buch der Rekorde bestätigt. Aber in spanischen Breiten waren sieben Tote das Maximum, das einem mörderischen Verrückten zugebilligt wird. Blieben also noch vier mögliche Tote, zehn Prozent der Bürger, die jedes Wochenende auf den Straßen starben. Man mußte sich daher nicht allzu große Sorgen machen, und Carvalho legte sich zwischen zwei *sofritos* am späten Vormittag in Vallvidrera die Hypothese zurecht, daß irgend etwas das Schicksal der drei Toten verband, auch wenn es von vornherein unglaubhaft erschien. Zunächst blätterte er alle Nummern des *Sexplay* aus der Zeit durch, in der Arturo Piccione Redakteur gewesen war, und versuchte, das *topless girl* unter den dort abgebildeten Frauen zu finden. Alle Aktbilder aus Pornozeitungen gleichen einander, aber keines erinnerte ihn an das Bild des Mädchens. Auch ihren Kolleginnen gegenüber hatte sie anscheinend nie etwas davon erwähnt, daß Bilder von ihr in einer Zeitschrift erschienen.

«Sie war eine ziemliche Traumtänzerin. Ein gutes Mädchen, aber eine Traumtänzerin. Dauernd sprach sie von Plänen, wollte Filmstar, Fernsehansagerin oder Model werden. Aber von Zeitschriften hat sie nie was gesagt.»

Am meisten brachte ihn Juana *Sturges* weiter, die so hieß, weil es ihr gelungen war, in den Sechzigern einen amerikanischen Mariner zu ehelichen; der Mariner war weg, aber sie klammerte sich an den angeheirateten Namen, als sei er ihre Daseinsberechtigung, und firmierte im Leben, beim Einkaufen und auf den Rechnungen der Supermärkte als Señora Sturges. Und sie war es auch, die ihn der Obhut von Ferrán «El Maco» anvertraute, dem Gigolo und Schönling vom Dienst, der Carvalho, als er vor ihm stand, an den Jackenaufschlägen packte und ihm seinen hochkonzentrierten und nach den übelsten Rösslis stinkenden Atem ins Gesicht blies. Carvalho trotzte seinem Blick, seinem Atem und seinen Händen, bis er in den Augen des andern so etwas wie Unsicherheit las, versetzte ihm dann einen Kniestoß in die Weichteile und stieß ihn gegen die Wand, was «El Maco» in einen Erschossenen von Goya mit ausgebreiteten Armen verwandelte. Nun war «El Maco» kein Schönling ohne Mumm, und er wollte von neuem auf Carvalho losgehen, als er sich damit abfinden mußte, daß Carvalho eine funktionsfähige Pistole in der Hand hielt. Als guter Katalane war «El Maco» dem Paktieren nicht abgeneigt und ließ sich zu einem Gespräch herbei. Ja, die *Topless* sei seine Freundin gewesen, eine echt gute Frau, und denjenigen, der sie umgebracht habe, würde man eines schönen Tages ohne seine männlichen Teile finden: «El Maco» werde sie ihm abschneiden.

«Und mehr sag ich Ihnen nicht. Ich bin ein Mann, der nicht viele Worte macht, aber was ich verspreche, das halte ich.»

Er machte wirklich keine Worte mehr. Aber Carvalho dachte, er wisse wohl auch nicht viel mehr und würde es auch niemals tun. Wie ihm die Sturges gesagt hatte, war «El Maco» arbeitslos, weil man sein Hühnchen mit den goldenen Eiern umgebracht und er nur noch einen weiteren Schützling hatte, eine Melancholische aus Valladolid, die sich vor Sehnsucht nach ihren Eltern und ihren vier Kindern verzehrte, die auf verschiedene Dörfer der Provinz Palencia verteilt waren. «Die schafft nicht mal die Butter aufs Brot ran», sagte die Sturges, «und manchmal muß der ‹Maco› sie zwischen zwei Kunden trösten. Und weil sie manchmal auch im Bett die Heulerei kriegt, kriegt sie keinen Fünfer Trinkgeld, weil, das mußt du selbst sagen, Süßer, wer hat denn Spaß mit einer heulenden Madonna, die einem mitten beim Bumsen das Foto ihrer Kinder zeigt?»

«Sind sie noch klein?»

«Wenn du das Alter meinst, also, der Jüngste hat schon die erste Kommunion bekommen, und der Älteste ist wegen Asthma vom Militär befreit.»

Auch der Professor hatte niemand, der sich wegen seines Todes die Augen ausheulte. Sein einziger Sohn war in der Schweiz mit einer Eingeborenen verheiratet, die von dem Menschenschlag vom Mittelmeer nicht viel zu halten schien – vielleicht weil sie aufgrund ihrer ehelichen Erfahrung erkannt hatte, daß die Glut der Südländer ein Märchen war. Carvalho schloß das alles aus der Erfahrung, daß der Sohn des Lehrers Guardiola mit ängstlicher, leiser Stimme, die Lippen an die Sprechmuschel gepreßt, zu ihm sprach und trotzdem im Hintergrund die rätoromanischen Schreie einer Frau zu hören waren, die die sofortige Beendigung dieser telefonischen Geldverschwendung verlangte.

«Nur eine sexuell unbefriedigte Frau schreit ihren Mann so an.»

«Sie haben keine Erfahrung, Chef. Ich kannte viele Ehefrauen, die waren im Haus und außer Haus gut bedient, und trotzdem kreischen sie wie ein lockerer Keilriemen.»

Biscuter stellte für Carvalho keine Autorität dar, aber er hatte gewöhnlich keine andere Wand, von der er seine dialektischen Bälle abprallen lassen konnte. Der Koch, Sekretär und Empfänger von Carvalhos Selbstgesprächen hatte jedoch eine glückliche Idee, die der Detektiv zunächst in den Papierkorb des nicht Gehörten warf, aber dann wieder hervorkramte und im Geist darauf herumkaute, bis sie ein Kaugummi ohne Geschmack und ohne Seele geworden war.

«Am Ende hat der Lehrer dem Mädchen Stunden gegeben.»

«In Latein?»

«Bestimmt gab er auch Stunden in Buchhaltung oder Rechtschreibung. Ganz bestimmt, Chef. Diese Lehrer vom alten Schlag konnten alles.»

Der alte Guardiola hatte in einer kleinen Wohnung in der Altstadt gehaust, praktisch auf der Höhe der Dachterrasse, ein vollgemülltes Loch, das noch die Feuchtigkeit jener Außenwassertanks atmete, die dort vor der Installation der Wasserleitung gestanden hatten. Über dem Gestell, das als Kochschrank gedient hatte, standen – trotz der Vernachlässigung der letzten Jahre ordentlich und sauber – dreihundert Bücher lateinischer Autoren der verschiedenen Epochen sowie spanische Schriftsteller, einige Kunsthandbücher und die gesammelten und übersetzten Werke von Nietzsche in einer südamerikanischen Ausgabe. Das Klo hatte keine Wasserspülung, und es gab in der ganzen Wohnung keine andere Waschgelegenheit als die, die der Wasserhahn über der Spüle in der Wohnküche bot. Im übrigen gab es noch einen kleinen Flur, ein Schlafzimmer und ein Empfangszimmer, dunkel und verdrossen, weil es nie jemanden empfangen hatte. Aber Biscuter hatte recht. Aus der Schublade im Küchentisch holte Carvalho einen Stapel Handbücher und Nachschlagewerke für Mathematik und Sprachen sowie einige elementare Übungen in der Schrift eines Postanalphabeten, die in einer eleganten Schönschrift mit Schnörkeln und Grundstrichen korrigiert waren, der Schrift, die vor der Erfindung des Kugelschreibers üblich war. Mit dieser neuen Möglichkeit im Auge suchte Carvalho noch einmal die Sturges auf, um zu fragen, ob die *Topless* den Ehrgeiz bekundet habe, es mit Bildung zu Höherem zu bringen. Die Sturges hob zwar nicht die Hände, als das Wort «Bildung» bedrohlich auf sie zuschnellte, aber sie zog sich doch in sich selbst zurück, machte sich auf die Suche nach den gebildetsten Windungen ihrer Seele und kehrte von dort mit neuen Gedanken zurück.

«Also, dumm war sie nicht, die *Topless*, wenn auch ein bißchen verträumt. Und sie sagte – das hat sie wirklich gesagt –, Wissen nimmt keinen Platz weg, und wenn sie mit Buchstaben und Zahlen umgehen könnte, hätte sie hier die längste Zeit das ausgehalten, was sie aushalten mußte. Sie war wirklich eine Traumtänzerin, denn ich habe einem Jungen das Studium bezahlt, der ist jetzt größer als ich und arbeitsloser als die Kirchturmuhr in unserem Dorf.»

«Besuchte sie irgendeine Schule?»

«Das kann ich Ihnen nicht sagen, aber ich weiß noch, einmal zeigte sie uns, daß sie Fortschritte machte. Vor allem bei den Abrechnungen fürs Animieren; wenn man dabei mal nicht aufpaßt, zieht einem der Geschäftsführer sofort zehn Whiskies ab und tut, als sei nichts gewesen.»

Ein einziger Blick auf den Stadtplan genügte, um zu sehen, daß die üblichen Wege der *Topless* nicht durch das Viertel führten, wo der alte Lehrer wohnte. Ihr Arbeitsplatz war eine Animierbar an der Grenze von Barcelona und Hospitalet, und sie wohnte mit «El Maco» in einer winzigen Wohnung in La Bordeta, die ihr ein Kunde verschafft hatte, der im Sozialwerk der «Caixa»* tätig war. In diesem Moment kam Carvalho ein Gedanke, der ihn lächeln ließ, ohne daß einer seiner Tischgenossen des Abends – er saß bei einem spontanen Essen mit Charo und Biscuter in der «Casa Leopoldo» – etwas davon bemerkte. Ein Licht ungewissen Ursprungs

* die «Caixa d'Estalvis», eine der traditionsreichsten und größten katalanischen Sparkassen

zeigte ihm die Szene in einem Zimmer, die Tür halb geöffnet von der fleckigen und etwas zittrigen Hand des alten Lehrers, und im Zentrum des Lichtkegels die *Topless* in ihrer Nacktheit und mit ihrem herausfordernden Lächeln, entweder mitleidig oder erbost über das Angebot des Großväterchens.

«Schaffen Sie das denn mit Ihrem Herzen? Ich hab es nicht gern, wenn meine Kunden im Kampf fallen!»

Was mochte ihr der Alte geantwortet haben? Sicherlich etwas Gebildetes, etwas, das wie die Sprache eines anderen Planeten klang und bei der *Topless* die Schließmuskeln der Neugier oder vielleicht des Mitleids öffnete, und sie schenkte dem Alten an jenem Tag die Illusion der Unsterblichkeit. Aber ein Intellektueller vom alten Schlag verließ die Arme einer Prostituierten nie, ohne Aufklärungsarbeit zu betreiben, und sicherlich hatte sich der Alte für ihr Leben und die Ursprünge ihrer moralischen Entgleisung interessiert und ihr das Bild von einem anständigeren Leben als Herrin des eigenen Körpers und Geistes gezeichnet – und sei es auch um den Preis, in einer Bude ohne fließendes Wasser im Klo zu hausen und unter Zimmerdecken, die für immer vom Rost toten Urins verunstaltet waren. Und die *Topless* hatte am Ende einer langen Wegstrecke den Glanz einer Schlußszene aus einem nordamerikanischen Film gesehen, einer gehobenen Komödie: Sie selbst, mit Toga und Doktorhut, beim Abschluß einer High School, im selben Jahrgang mit Natalie Wood und Sandra Dee. Die Schuldirektion hätte sie außerdem mit der Abschlußrede beim Entgegennehmen der Diplome betraut, und sie würde sagen, was Natalie Wood und Sandra Dee bei solchen Anlässen zu sagen pflegten: «Ich bin sehr glücklich, und ich verspreche, all mein Wissen in den Dienst meines amerikanischen Volkes, meines künftigen Gatten Dick und meiner sechs Kinder zu stellen.» Lachen. Applaus. Und Johnny Saxon oder John Gavin oder Tab Hunter würden sie am Ende eines mit Teppichen ausgelegten Ganges erwarten, um sie zu küssen, hochzuheben und umherzuschwenken. Die *Topless* war bei den Galanen der sechziger Jahre geblieben, kein Zweifel.

«El Maco» wußte zwar nichts von Galanen der sechziger Jahre, hatte aber wohl bemerkt, daß die *Topless* Privatstunden nahm, weshalb er ihr ein paar wohlgezielte Ohrfeigen gab, denn Bildung bringt einer Frau auch nicht bei, wie man anständig pinkelt – so «El Maco» wörtlich. Aber ihr Kampfgeist war groß genug, daß sie das Martyrium über sich ergehen ließ und weiterhin zu den Stunden ging.

«Eigentlich weiß ich nicht genau, ob sie weiter hinging oder nicht. Ich sagte zu ihr: ‹Ich will von dieser Geschichte überhaupt nichts wissen, mir ist das egal. Wenn du so blöd bist, daß du deine Zeit mit dem Lernen von Sachen verplemperst, die dir sowieso nichts nützen, bist du selber schuld.›»

Die Hausnachbarn des Lehrers meinten, mit dem Alten sei es viel besser gegangen, nachdem die Katze vergiftet war. Es stank nicht mehr nach verbrannter Katzenscheiße, denn der Professor kochte mit Kohlen, und offensichtlich hatte das Tier den Kasten voller schwarzer, duftender Brocken um seine eigenen bereichert, die der Lehrer dann, wenn sie erst trocken waren, mit Brennstoff verwechselt hatte; vielleicht wußte er auch, daß in Indien der getrocknete Kuhmist die Kohle der Armen ist, und dachte, der Beitrag seiner Katze spare ihm ein halbes Kilo Kohlen im Monat. Als er einmal entkatzt, deodorisiert und tot war, erinnerte man sich seiner voller Herzlichkeit, und das Bild seiner letzten Schüler, erstellt nach den Angaben jener Nachbarinnen, die am eifrigsten bereit waren, ihre Wohnungstür einen Spalt aufzumachen, wenn jemand in die Dachkammer hinaufging – so beispielsweise eine Kurzwarenhändlerin, deren Etablissement gegenüber der Treppentür des alten Guardiola lag –, zeigte drei Leute: ein Mädchen und zwei Jungen; das Mädchen gut gekleidet und sehr zart, sehr natürlich, sehr ungeschminkt, und die Jungen sehr heruntergekommen und ohne Zweifel sehr arm. Die *Topless* hatte sich als Abendschülerin des zweiten Bildungswegs verkleidet, ihre Tittchen in Büstenhalter für hellhäutige Blondinen gesteckt und mit der dreifachen Haut einer Bluse ohne Ausschnitt, eines Pullovers, der wenig geneigt war, zum übrigen zu passen, und eines Mantels bedeckt, was sie schließlich in eine Fläche verwandelte, aus der keine Blüte mehr hervorragte. Was die Jungen betraf, so war der eine Ausländer, der andere dagegen auf Zeit bei der Post beschäftigt und büffelte für die staatlichen Auswahlprüfungen für Müllmänner bei einer Stadtverwaltung an der Küste.

«Es ist der Sohn der Señora Remei, aus der Calle Riereta. Eine frühere Wäscherin, die einen Schlaganfall hatte und seither nichts mehr machen kann.»

Der Sohn der Señora Remei war gerade in einer Phase der Arbeitslosigkeit, und Carvalho verfolgte seine Spaziergänge in der Hafengegend, sein Stöbern in den Billigläden unter den Kolonnaden der Plaza Palacio, sein Entzücken vor Geschäften mit Transistorradios, Miniaturfernsehern, Hi-Fi-Geräten, Lautsprecherboxen und Digitaluhren – Schwarzhandel von Käufern und Verkäufern, zweifelhaft in Form und Inhalt, als sei diese Gegend von Barcelona eine kleine Freihandelsoase innerhalb der calvinistischen Rigidität des Barceloneser Einzelhandels. Der junge Mann war ein Mischling aus Noblesse und Schmutz, mit den Zügen eines blonden, schwindsüchtigen Prinzen und dem Blick eines Tieres, das von der Hoffnung geschlagen wurde. Er selbst war jung, aber alles, was er am Leib trug, so alt und häßlich, daß er wie ein junger Alter wirkte, dessen Alter nirgends festzumachen oder zeitlich zu bestimmen wäre. Es war das Alter der mit häufig gewaschener Sauberkeit vertuschten Armut. Von der Einsamkeit des ohnmächtigen Käufers ging der Junge zu anderen Einsamkeiten in den kostenlosesten Gegenden über, vor allem in Barceloneta, am Meer, am Strand, wo sich ab und zu das Schauspiel bot, daß vier oder fünf Jogging-Sklaven vorbeiliefen oder ein paar Mädchen, die aus einem College für entlaufene Mädchen entlaufen waren. Nachts kam der Sohn der Señora Remei mit einem kleinen, mageren, zimtfarbenen Hund auf die Straße, der an allem herumschnüffelte und an die Grenzen eines kleinen imaginären Reiches pinkelte. Der junge Mann führte den Hund lustlos aus und hob mit abruptem Zerren an der Leine das Tier immer wieder hoch, als bäume es sich auf – wobei es gleichzeitig die Mimik eines gedemütigten und beleidigten Pferdes zeigte. Carvalho lernte alle Reste von *tapas* aus allen Spülschüsseln der ganzen Bars in der Gegend gründlich kennen, während er den Mäandern des Jungen mit seinem Hund folgte. Mit derselben Faszination, mit der der Junge die Geschäfte für audiovisuelle Apparate an der Plaza Palacio betrachtet hatte, stand er auch vor einem Orthopädie-Geschäft, das dem Staub und prähistorischen Prothesen überlassen zu sein schien, als sei der Besitzer vor zwanzig Jahren nach einem Schlaganfall als Invalide drinnen geblieben. Im Schaufenster war nicht mehr als ein verschimmeltes Bruchband, ein altes

Paar Krücken und ein Toilettenstuhl zu sehen, aber die Augen des angehenden Müllmannes betrachteten es jede Nacht mit der gleichen Neugier und sahen Dinge darin, die außer ihm niemand sehen konnte.

Carvalho warf dem Hund eine Scheibe Chorizo hin; das Tier schnüffelte aufmerksam daran und schlang sie, ohne zu kauen, hinunter. Er sei ganz satt, versicherte sein Herrchen.

«Er würde den ganzen Tag fressen. Hunde sind nie satt. Ich hatte eine kleine Schäferhündin, na ja, was heißt Schäferhündin, eine Kreuzung zwischen einem Wolfshund und einer rasselosen Hündin, und sie wurde mir umgebracht. Der Tod eines Hundes geht einem ziemlich nahe.»

«Ja, man bedauert ihn, und der da macht es auch nicht mehr lange.»

Es war eher Todeswunsch als Bedauern, was Carvalho in seinen Augen las, die aus der Nähe trübgrau, etwas schmutzig aussahen, so schmutzig wie die schlechtgeformten und weit auseinanderstehenden Zähne, als würden Augen und Zähne in Großaufnahme die – aus der Ferne betrachtet – Schönheit jenes schwindsüchtigen und von der Hoffnung geschlagenen Prinzen dementieren. Am vierten Abend, an dem Carvalho während des gewohnten «Gassigehens» seinen Weg kreuzte, blieb der Junge stumm und beantwortete keine von Carvalhos Fragen, die Lippen versiegelt, um nicht den stinkenden Atem der Angst herauszulassen. Er hatte den Blick eines Geschlagenen, der den letzten und endgültigen Schlag erwartet und fürchtet; aber dazu holte Carvalho zu diesem Zeitpunkt noch nicht aus. Er ließ zwei weitere Tage der Verfolgung und Begegnung verstreichen, bis der Junge schließlich nicht mehr auf die Straße herunterkam und Carvalho sich vorstellte, wie er mit seiner Mutter und seinem Hund verweste, vor dem Fernsehapparat, dessen Licht von den mit Stores verhängten Balkonfenstern zurückprallte. Am zehnten Behandlungstag stieg er zur Wohnung hinauf, und es staunte weder der Junge, als er ihm die Tür öffnete, noch Carvalho, als er die gelähmte Alte entdeckte, die im Helldunkel des nur vom Bildschirm erleuchteten Zimmers verborgen war, und den Hund mit durchschnittener Kehle in einem Ding, das einmal eine Badewanne mit Ambitionen gewesen war, eine Badewanne mit Löwenfüßen.

«Er jaulte so, und die Nachbarn beklagten sich. Er wollte auf die Straße. Er war sehr verwöhnt. Sehr verzogen.»

Lehrer Guardiola? Er hatte bei ihm Unterricht in Buchführung und Aufsatzschreiben genommen. Das Mädchen aus der Oben-ohne-Bar? Vielleicht meinte er María Asunción, so nannte sich die *Topless*, als sie zu Stunden in Buchführung und Französisch kam. Französisch? Jawohl, Französisch.

«Die ganze Welt ist falsch. Schauen Sie meine Mutter da! Sie sehen in ihr eine Frau, die sich nicht selbst helfen kann und mich liebt, weil sie mich für fast alles braucht. Aber in Wirklichkeit haßt sie mich, wie sie meinen Vater und die Nachbarn immer gehaßt hat. Sie hat ihr ganzes Leben lang nichts anderes getan als hassen. Und der Lehrer tat nur so anständig. Und María Asunción war eine kleine Nutte, die mit jedem ins Bett ging, um Karriere zu machen.»

An einem Abend, als sie nach dem Unterricht von der Wohnung des Lehrers heruntergekommen waren, hatte der Junge die *Topless* um die Taille gefaßt; sie drehte sich überrascht um und traf auf einen aufdringlichen, feuchten Kuß, der sie empörte. Aus ihrem Mund kam der fünfzehnjährige Wortschatz vom Tresen einer Animierbar, um Verachtung und Ekel auszudrücken, und so schuf sie sich einen Feind, der sie überallhin verfolgte und ihr Doppelleben ausspionierte. Auf einer seiner Verfolgungen hatte er sie mit Arturo Piccione aus einer Cafeteria in der Nähe der Redaktion des *Sexplay* kommen sehen; sie hatten sich angestoßen und gelacht, unter Annäherungsversuchen von ihm, die sie zum Lachen gebracht hatten. Dann waren sie in ein Auto gestiegen, das Piccione fuhr.

«Sie wollten wieder Schweinereien machen, an der Straße nach Vallvidrera, wie schon öfter.»

«Schon öfter?»

«Einmal hatte ich so eine Ahnung, daß sie dort hinfahren würden, und statt ihnen von der Tür der Bar aus zu folgen, ging ich direkt zu der Straße, zu einem freien Platz, etwas oberhalb von der Stelle, wo die Bergbahn losfährt, wo manchmal Autos mit Pärchen halten, um auf die Stadt hinunterzuschauen, wie sie sagen, aber drin im Auto machen sie alle möglichen Sauereien.»

«Und sie kamen.»

«Ja, sie kam mit dem Argentinier. Er hielt an und blieb am Steuer sitzen und schaute sich ganz starr das Panorama der Stadt an, wo allmählich die Lichter angingen. Sie dagegen war nicht zu sehen. Man sah ihren Kopf nicht, verstehen Sie?»

«Ja.»

Und der Lehrer? Gerade der hatte es am meisten verdient. «Es war ein geiler Alter, der jede Gelegenheit nutzte, um sie anzugrapschen, und einmal hab ich sie erwischt.»

«Erwischt?»

«Jawohl, erwischt.»

«Wie haben Sie es fertiggebracht, Piccione in ein Karussell zu locken, mit ihm einzusteigen?»

«Er ging jeden Sonntag abend in den Montjuïc-Park, allein. Er fuhr dreimal mit dem Riesenrad. Wenn möglich nahm er allein eine Gondel, aber das ging nicht immer. Einmal bin ich eben mitgefahren.»

Und das Z? Carvalhos Augen suchten die Wohnung ab, in der es weder Bücher gab noch die üblichen Vögel, Sterne, Fayencen mit spärlicher Emaille oder gepunktete Tapeten, eine Wohnung für drei Überlebende, die nur noch zu zweit waren. Aus welchem Winkel dieser Welt oder der Erinnerung kam dieses Z? Als er die Frage stellte, nach einer rechtfertigenden Einleitung – «Sie sind noch nicht alt genug, um die Zorro-Filme oder -Romane gesehen oder gelesen zu haben.» –, lachte der junge, schmutzige Prinz prahlerisch wie einer, der versteckte Trümpfe im Ärmel hat, und hielt eine spielerische Suspense aufrecht, während der Fernsehbildschirm ihm Lichtsalven der Sendung *Un, dos, tres* übers Gesicht jagte; der Kabarettist hatte gerade einen Schwulen-Witz erzählt, die Moderatorin bog sich vor Lachen, und die Teilnehmer tänzelten auf ihren Füßen wie unruhige Tiere, die die Beute eines Apartments in Benidorm witterten oder die Drohung hörten, zwanzigtausend Tuben Zahnpasta mit nach Hause nehmen zu müssen. Das überlegene Schwarzweißlächeln wurde entschlossen, und der Mann stand auf, ging zum Buffet im Eßzimmer, zog eine Schublade auf und nahm einen Comic heraus, den er Carvalho gab. Es war eine gezeichnete Version von *Das Zeichen des Zorro* mit vierzig Jahre alten staubigen, vergilbten, fettigen Rändern.

«Und außerdem, ist das nicht ein Zufall, heiße ich mit Nachnamen Zamora. Lluís Zamora Botey, zu Ihren Diensten.»

Die Verwandten des Argentiniers übergaben Carvalhos Bericht der Polizei, und der arme, schmutzige Prinz landete in der Psychiatrie in Huesca.

«Nein, ich habe nie die morbide Versuchung gespürt, herauszufinden, was mit den Schuldigen der Fälle passierte, die ich gelöst habe, um so weniger, wenn die Verantwortung an die Polizei übergeht, an die Richter. Ich spüre Mörder auf; Polizei und Justiz machen sie zu Opfern. An Opfern habe ich schon mit mir selbst genug.»

«Und die Alte?»

Fuster, du wirst alt, dachte Carvalho. Nur ein Gefühl der Verbundenheit konnte diese Frage zwischen Carvalhos Reflexionen und Fusters eigene Bewegung schieben, mit der er den Rest Sancerre in die Gläser goß, als nehme die Bewegung der Frage und der Antwort ihre Dramatik.

«Mit dem Mund und der Seele voller Sancerre-Fluidum ins Bett zu gehen ist nicht schlecht.»

Nein, das sei nicht schlecht, bestätigte Fuster, als er ihn zur Tür brachte und sie in den kleinen Säulengang hinaustraten, der auf eine dichtbewachsene Straße hinausführte, gesäumt von den frisch renovierten Villen der Flüchtlinge vor den Schrecken der Stadt.

Aber als Carvalho die Stufen zu seinem wartenden Auto hinunterging, ertönte hinter ihm erneut Fusters Frage: «Und die Alte?»

Carvalho wandte sich ihm zu, um mehr Nachdruck und Absicht in sein Schulterzucken zu legen. Und die Alte? Das hatte er sich seit jenem Abend selbst gefragt, als er mit den Enthüllungen des Mörders jenes Haus verlassen und ein Paar in Schwarzweiß, das den Gewinn eines Apartments in Benidorm feierte, einen Mörder, der Zamora hieß, einen zimtfarbenen Hund mit durchschnittener Kehle in einer aus dem Boden gerissenen Badewanne und eine stumme Alte hinter sich gelassen hatte, die dem ganzen Gespräch mit schreckensblinden Augen gefolgt war.

Manuel Vázquez Montalbán

«Der originellste Neuzugang, den die Gilde der Detektive in den letzten Jahren erhielt, kommt nicht aus Amerika, sondern aus Spanien. **Manuel Vázquez Montalbáns** Detektiv heißt José Pepe Carvalho und ist in Barcelona zu Hause. Er hat in seiner Jugend der Kommunistischen Partei nahegestanden, dann aber eine ganze Weile für die CIA gearbeitet. Aber immer ist Carvalho ein großer Feinschmecker und ein vorzüglicher Koch geblieben - und auch anderen leiblichen Genüssen nicht abgeneigt.»
Radio Bremen

Carvalho und der Mord im Zentralkomitee
(thriller 2717)

Carvalho und die tätowierte Leiche
(thriller 2732)

Carvalho und der tote Manager
(thriller 2680)

Manche gehen baden
(thriller 2834)
Ausgezeichnet mit dem zweiten Preis des Deutschen Krimi-Preises 1989.

Schuß aus dem Hinterhalt
(thriller 2955)

Tahiti liegt in Barcelona
(thriller 2698)
«Montalbán entwirft Personen, die einem im Gedächtnis bleiben, vom sportlich-dynamischen Aufsteiger über den korrupten Aristokraten bis zum innerlich verwahrlosten Millionärstöchterlein.»
Süddeutscher Rundfunk

rororo thriller

Die Vögel von Bangkok
(thriller 2772)
«... ein schönes, lebendiges und todtrauriges Buch.»
FAZ

Zweikampf *Drei Carvalho-Stories*
(thriller 2909)

Zur Wahrheit durch Moral *Drei Carvalho-Stories*
(thriller 2930)

Lauras Asche *Drei Carvalho-Stories*
(thriller 2882)

Ich tötete Kennedy *Eindrücke, Beobachtungen und Erinnerungen eines Leibwächters*
(thriller 2893)

«Wer einmal dem Charme des nordspanischen Schnüfflers Pepe verfallen ist, wird sowieso alle seine Abenteuer kennlernen wollen.» Viva

Schwarze Beute

Schwarze Beute 1
(thriller 2735)
Mit Geschichten von Friedrich Glauser, Ruth Rendell, Michael Molsner, Janwillem van de Wetering. Georges Simenon, Fritz Mierau, Frank Göhre u.v.m. und ein Interview mit Maj Sjöwall über ihre gemeinsame Arbeit mit Per Wahlöö.
«... dieser Band ist seit Jahren das bestgemachte, witzigste und spannendste Buch zum Thema Kriminalität und Kriminalliteratur.»
Süddeutsche Zeitung

Schwarze Beute 2
(thriller 2802)
Mit einem Drehbuch von Raymond Chandler, einem Insekten-Thriller von Per Wahlöö und einem Comic mit Texten von Dashiell Hammett. Außerdem Beiträge von Richard Hey, Alfred Döblin, Felix Huby, Fred Breinersdorfer, -ky, Irene Rodrian u.v.m.

Schwarze Beute 3
(thriller 2888)
Texte von Michael Molsner, Colin Dexter, Gertrude Stein, Jean Vautrin, Sjöwall/Wahlöö u.v.m.

Schwarze Beute 4
(thriller 2933)
Neues von und über Dashiell Hammett, Ed McBain, -ky, Hansjörg Martin, Frank Arbau, Pinkerton, Malefizschenk und andere Fälle, Täter und Autoren.

Schwarze Beute 5
(thriller 2969)
Frischer Wind im Sowjet-Krimi, heiße Stories aus Afrika, Arizona und Amsterdam. Geschichten von Jean Genet, Doris Gercke, Christine Grän, Detlef Blettenberg, Tony Hillermann u.v.m.

Schwarze Beute 6
(thriller 3000)
Die neue Ausgabe des thriller-Magazins präsentiert neue Stories, berichtet über Fälle, Täter und Autoren mit Beiträgen von Detlef Blettenberg, Uta-Maria Heim, Yasutaka Tsutsui, Shotaro Yasuoka, Charles Willeford, Peter Zeindler u.v.m.

Band 1 - 5 herausgegeben von Norbert Klugmann und Peter Mathews.
Band 6 herausgegeben von Janwillem van de Wetering.

rororo thriller

3023/2

Serientäter

Larry Beinhart
Kein Trip für Cassella
(thriller 2873)
Ausgezeichnet mit dem «Edgar» 1986.
Zahltag für Cassella
(thriller 2932)
Bei Privat Eye Tony Cassella steht eine Steuerprüfung an. Genau in dem Augenblick, als er genügend Beweismaterial gegen den Justizminister persönlich zusammen hat...

Bob Cook
Die Marionettenspieler
(thriller 2946)
Herbie Feigl, Lehrer an einer Provinzschule verschwindet während seines Urlaubs spurlos und mit ihm sechs Bücher des österreichischen Bundespräsidenten aus seinem Gepäck... Ein neuer Fall für Professor Michael Wyman, Es-MI 6-Agent.
Sprengstoff für die Downing Street
(thriller 2978)

William Krasner
Auf dunklen Straßen
(thriller 2928)
«... ein finsterer, milieusicher erzählter, bitter realistischer Roman, der den litarischen Vergleich auf hoher Ebene ohne weiteres standhält.» Heinrich Vormweg im Westdeutschen Rundfunk
Blackout
(thriller 2936)
Tod eines Bohemien
(thriller 2938)
Am Tatort wimmelt es von zwielichtigen Künstlergestalten, gescheiterten Intellektuellen und Möchtegern-Bohemiens. Nur der Mörder ist nicht zu entdecken...
Die letzte Tat des Mr. Goodman
(thriller 2937)

3024/2b

rororo thriller

Jerry Oster
Kältesturz
(thriller 2953)
Winter in New York. Der Schnee hat die Stadt im Griff und nicht nur ein paranoider Killer läuft frei herum...

Jean-Bernard Pouy
Verdammte Ferien!
(thriller 2896)
Mit Fünfzehn ist man heilfroh, wenn man die Schule hinter sich und die Sommerferien vor sich hat. Dieses Gefühl verläßt Marcel recht schnell, als er in ein Zugunglück gerät und eine Tote auf ihm liegt...
Volle Dröhnung
(thriller 2856)

Detlef Wolff
Zwölf Jahre zuviel
(thriller 2912)
Carl-Heinrich Heugen ist kein Mensch mit einwandfreiem Charakter. Aber seine Frau hat der Spezialist für chemische Kampfstoffe wirklich nicht ermordet....

Klugmann/Mathews

«Da werden endlich wieder Geschichten erzählt, die so intelligent und spannend sind, die zum Zittern und zum Lachen bringen. Allererste Empfehlung: die subtil anarchistischen Polizeikomödien der beiden Hamburger **Norbert Klugmann** & **Peter Mathews.**» LUI

Beule oder Wie man einen Tresor knackt
(thriller 2675)
«Eine ins Absurde schweifende Geschichte, verzweifelt komische Charaktere und knappe, bitterböse Dialoge.» taz

Ein Kommissar für alle Fälle *Polizeimärchen*
(thriller 2700)
Am Anfang war der Schrebergarten, dann taucht Claudia auf, Kommissar Fleischhauer fängt Feuer und doch ist jemand schneller, als die Polizei erlaubt....

Flieg, Adler Kühn
(thriller 2734)
Schüsse fallen, Scheiben klirren... Wissen Sie, wie gefährlich Kaffeetrinken sein kann?

Die Schädiger
(thriller 2771)
Rochus Rose wachsen die Schulden über den Kopf und die Methoden des Geldeintreibers Sänger sind raffiniert, aber nicht ganz legal...

Tote Hilfe
(thriller 2973)
Rochus Rose sucht eine tote Frau und findet eine Verschwörung lebenstüchtiger Rentner mit Namen «Tote Hilfe».

3013/2

rororo thriller

Norbert Klugmann
Die Hinrichtung *Der erste Phil Parker-Roman*
(thriller 2837)
«Wenn die Welt untergeht, möchte ich mit Phil Parker im Bunker sitzen. Oder am Tresen.» tango

Norbert Klugmann
Der Dresdner Stollen *Der zweite Phil Parker-Roman*
(thriller 2891)

Norbert Klugmann
Das Pendel des Pentagon *Der dritte Phil Parker-Roman*
(thriller 2954)
«Der Norbert Klugmann legt ein wahnsinniges Tempo vor und ihm fließen mitunter Dialoge aus der Feder, gegen die hochgerühmte amerikanische Kollegen die reinsten Langweiler sind.»
Süddeutscher Rundfunk

Ruth Rendell

«Mich fasziniert jedesmal wieder, wie leise-harmlos die Romane von **Ruth Rendell** beginnen, wie verständlich und normal die ersten Schritte sind, mit denen die Figuren ins Verhängnis laufen. Ruth Rendells liebevoll-ironisch geschilderten Vorstadt-Idyllen sind mit einer unterschwelligen Spannung gefüllt, die atemlos macht.»
Hansjörg Martin

Eine Auswahl der thriller von Ruth Rendell:

Dämon hinter Spitzenstores
(thriller 2677)
Ausgezeichnet mit dem Gold Dagger 1975, dem begehrtesten internationalen Krimi-Preis.

Der Pakt
(thriller 2709)
Pup ist sechzehn und möchte seine Stiefmutter loswerden. Aus dem Spiel mit der Schwarzen Magie wird tödlicher Ernst...

Flucht ist kein Entkommen
(thriller 2712)
«...ein sanfter, trauriger Thriller. Mit einer Pointe wie ein Feuerwerk.»
Frankfurter Rundschau

Die Grausamkeit der Raben
(thriller 2741)
«...wieder ein Psychothriller der Sonderklasse.»
Cosmopolitan

Der Kuß der Schlange
(thriller 2934)

Die Masken der Mütter
(thriller 2723)
Ausgezeichnet mit dem Silver Dagger 1984.

3017/2

rororo thriller

Durch Gewalt und List
(thriller 2989)

Ein Wolf auf die Schlachtbank
(thriller 2996)
Mord ist des Rätsels Lösung
(thriller 2899)

In blinder Panik
(thriller 2798)
«Ruth Rendell hat sich mit diesem Krimi selbst übertroffen: die Meisterin der Spannung ist nie spannender zu lesen gewesen.»
Frankfurter Rundschau

Die Tote im falschen Grab
(thriller 2874)

Mancher Traum hat kein Erwachen
(thriller 2879)

«Ruth Rendell - die beste Kriminalschriftstellerin in Großbritannien.»
Observer Magazine